U0793434

沙粒集

张新颖 著

译林出版社

图书在版编目（CIP）数据
沙粒集 / 张新颖著. —南京：译林出版社，2019.11
ISBN 978-7-5447-7975-3

Ⅰ.①沙… Ⅱ.①张… Ⅲ.①随笔－作品集－中国－当代 Ⅳ.①I267.1

中国版本图书馆 CIP 数据核字（2019）第 197839 号

沙粒集　　张新颖 / 著

责任编辑　刘　免
装帧设计　周伟伟
校　　对　蒋　燕
责任印制　单　莉

出版发行　译林出版社
地　　址　南京市湖南路 1 号 A 楼
邮　　箱　yilin@yilin.com
网　　址　www.yilin.com
市场热线　025-86633278
排　　版　南京展望文化发展有限公司
印　　刷　苏州市越洋印刷有限公司
开　　本　850 毫米 ×1168 毫米　1/32
印　　张　5.5
插　　页　4
版　　次　2019 年 11 月第 1 版　　2019 年 11 月第 1 次印刷
书　　号　ISBN 978-7-5447-7975-3
定　　价　39.00 元

版权所有 · 侵权必究
译林版图书若有印装错误可向出版社调换。质量热线：025-83658316

小　序

这本小书里的文章，是二〇一七年到二〇一九年写的，取名《沙粒集》，是说它们微不足道。

不起眼的沙子，每一粒却自有硬度，自有形状、颜色，它们的构成携带着各自的经历。我从小喜欢沙粒，如今借文字用到书名上来，仿佛触着了坚实之物。生命不断流逝，或许并不至于完全虚无，总有一些沙粒不肯消失于无形，不妨把它们当作时间的馈赠，生活的纪念。

张新颖

二〇一九年六月六日

目 录

CONTENTS

1

■

在展厅匆匆忙忙转完一圈，我又回到这幅自画像前，想再好好看看。但只瞥了一眼，就轻手轻脚离开了。自画像正前站着一个年轻的姑娘，盯着梵高，旁若无人，泪流满面。

走出美术馆，强烈的阳光刺进眼睛。稍稍适应过后，脑子里浮出一个逐渐清晰起来的词，“痛苦感”，梵高自己描述过的“痛苦感”：他在信里向弟弟描述一幅油画，画他所住精神病院的公园景色，“我向你讲述这幅油画，为的是提醒你：一个画家不用直接刻画具有重大历史意义的客西马尼园，也能表达痛苦的感觉”。——我试着去想，当年猝然逼退又奇异地吸引着一个小孩眼睛的，会不会是这种他全然无知的东西？

一九七五年夏天

一九七五年夏天，我念完小学一年级，认识了很多字，就很想把这个本领用一用。

识字还主要不是学校里学的，也不是父母教的，邻居一位老头，没当回事，对我进行了好几年学前教育。学前教育是现在的说法，那个时候在我们那个偏僻的地方，没人这么煞有介事。老头从前是个银匠，大概土改之后就没法打银首饰之类的了，改做锔锅锔碗锔盆锔缸，配钥匙，打剪刀，我们家里用了很多年的铁衣架，也是他做的。村子里的人不改口，还是叫他银匠。他家里藏有些老书，轻易不示人，我母亲借过几册《今古奇观》，到我勉强能读繁体字的时候，从这部线装书偷偷看过《杜十娘怒沉百宝箱》和《卖油郎独占花魁》。

老头教我认字，当然不是用他的老书，而是贴在墙上的毛主席语录。屋子很暗，很空，墙上红色字体的语录尤为显眼。“为人民服务”“以学为主，兼学别样”“我们的文学艺术都是为人民大众的，首先是为工农兵的，为工农兵而创作，为工农兵所利用的。”这些是我最先认识的字。他一边手拿铁锤叮叮当当敲打铁砧上的什么物件，一边教坐在对面小板凳上的我一句一句念，苍老的声音后面跟着稚嫩的学语，铁锤起起落落，节奏也出来了。

回来说这个夏天，放假了，趁家里没有人，我东翻西找，打开了母亲的一个小书箱。

我挑了一本小说，一读就被吸引住了：抓特务的！不能全懂，但整体上紧张，神秘，一连几天魂不守舍。书没有封面，书脊损坏了一点，还看得出书名：《木结束的战斗》。“木结束”，什么意思？十年之后，我刚上大学，想起读的第一本小说，就从图书馆里把它借了出来，噢，原来是《未结束的战斗》，赵洪波著，江西人民出版社一九六三年出版。我想重读一遍，第一页还没有看完，就觉得实在读不下去。我以为不会有人再读这样的书了，但可能错了。写这篇短文时候，特意上网查了一下，这本书一九八一年江西人民出版社重版，二〇一五年长江文艺出版社又出，二〇〇六年河北美术出版社还出了连环画《红旗颂——未结束的战斗》。

书箱里还有一套《毛泽东选集》，四卷，我觉得应该好好读毛主席的书——先读了小说，再读毛主席的书，这个顺序让我有点惭愧——拿出第一卷，翻开第一篇，《中国社会各阶级的分析》，题目，不懂；第一句，“谁是我们的朋友，谁是我们的敌人”，这个好，我急切地想知道答案。读完第一段，不懂。再读，好在文章不长，读完了，完全不懂。我把书放回书箱。

夏日漫长，无所事事。过了几天，又想起毛主席的书，这次，抽出第四卷，翻到最后一篇，《别了，司徒雷登》。司徒雷登是什么？书页下面有注释——我读毛选的收获之一是，从此知道注释这回事。这篇文章太长了，我带着自责的心情，虽然不懂，还是分好几次终于读完。快要结束的时候，有几句话读懂了：“闻一多拍案而起，横眉怒对国民党的手枪，宁可倒下去，不愿屈服。朱自清一身重病，宁可饿死，不领美国的‘救济粮’。”闻一多和朱自清，因此成了我最早记住的中国现代作家的名字。不过那时候我不知道他们是作家，闻一多的名字让我好奇，他父母起这个名字是什么意思？上了大学以后，我查了一下，才知道这个名字是闻一多自己改的，他本叫闻亦多，入清华学校，改为闻多，五四后又改叫闻一多。我还找朱自清之死的资料，知道是因为严重的胃溃疡导致胃穿孔而不幸去世。

书箱里还有什么书，完全不记得了，对此我没有多少遗憾。因为最重要的发现不是书，而是一个笔记本。绒布面，里面有十几幅彩色插页，全是梵高的画。笔记本是空白的，现在我猜想可能是母亲读高中时候留下来的，没舍得用。

多年来有个问题常会浮现，但我找不到熟人请教：梵高画在中国的流传史。特别是，六十年代初什么地方印制的笔记本，会用梵高的画插页？其中一本在胶东半岛的一个角落，保存到一个特殊时代的后期，然后，一个对绘画一无所知的小孩子打开了它。

这些画让我感到强烈的不适。他画的向日葵和我见到的不一样，哪里不对劲？好像要燃烧起来，会灼伤看画的眼睛；他画的星空和我见到的也不一样，颜色，线条，尤其是那些旋涡，让人头晕，看久了能把人吸进去。我受不了这些画，把笔记本合上。过了一会儿，又忍不住打开。

十年以后，我在大学宿舍上铺的帐子里读他的传记，欧文·斯通写的《渴望生活》，停不下来，直到读完，天已经亮了。这本传记也是那几年流行的书。

我念完本科，研究生，出校园进社会工作，一九九四年一次出差期间，买到薄薄的里尔克《给一个青年诗人的十封信》，旅途中读冯至一九三七年写的译者序，特别敏感于这样的话："我时常在任何一个青年的面前，便联想起荷兰画家凡诃（van Gogh）的一幅题作《春》的画：那幅画背景是几所矮小、狭窄的房屋，中央立着一棵桃树或杏树，杈桠的枝干上寂寞地开着几朵粉红色的花。我想，这棵树是经过了长期的风雨，如今还在忍受着春寒，四围是一个穷乏的世界，在枝干内却流动着生命的汁浆。"我停在后面这两句话上，问自己，我的过去和现在，"四围"是不是一个"穷乏的世界"？我回答不出；但"四围"和"枝干内"情形的对比，却让我感动不已。

又过了很多年，我成了一个教书匠，参加一个研究生的论文答辩，她细心地注意到冯至写梵高的十四行诗，提到"剥马铃薯的人"，而梵高画的是"吃马铃薯的人"，一字之差，却是劳动和消费两种行为之间的差别，大有文章可做。我犹豫再三，还是用不确定的语气告诉她，其实可能没有差别，剥和吃两个动作是连在一起的，基于我少年时代在北方以红薯为日常食物的经验——煮熟了，吃的时候，边剥皮边吃——梵高画的吃马铃薯，大概也是如此。北方人冯至，或许就是因此而没在意两个动词的差别？至今，我不知道这样说对不对。

二〇〇六年在芝加哥美术馆，疲乏懈怠之中，猛一抬头，与梵高的自画像对面。这幅自画像的尺寸小于我的想象，我立即感觉与它的距离也小于我的想象。我看着他，忽然想起三十多年前在母亲的笔记本上初次见到那些画，便在心里含混地嘟囔了一句："嘿，你这个家伙！"

在展厅匆匆忙忙转完一圈，我又回到这幅自画像前，想再好好看看。但只瞥了一眼，就轻手轻脚离开了。自画像正前站着一个年轻的姑娘，盯着梵高，旁若无人，泪流满面。

走出美术馆，强烈的阳光刺进眼睛。稍稍适应过后，脑子里浮出一个逐渐清晰起来的词，"痛苦感"，梵高自己描述过的"痛苦感"：他在信里向弟弟描述一幅油画，画他所住精神病院的公园景色，细致叙述之后，他说，"这种由赭红、被灰色掩去光泽的绿和勾画轮廓的黑色条纹构成的组合产生一种痛苦感，它被称作‘暗红’，我的某些不幸的同伴常常为此困惑。此外，遭雷劈的大树和秋天最后一朵花脸上病怏怏的绿粉色笑容这一中心意象巩固了这一印象”。“我向你讲述这幅油画，为的是提醒你：一个画家不用直接刻画具有重大历史意义的客西马尼园，也能表达痛苦的感觉。”——我试着去想，当年猝然逼退又奇异地吸引着一个小孩眼睛的，会不会是这种他全然无知的东西？

二〇一七年七月六日

我的小学

一九七三年夏季，父亲休班回家的一天，晚饭后带着我去小学，和苗校长坐在院子里的水泥乒乓球台上聊天。父亲问能不能让我上学，苗老师说不行，一定得满七周岁。我在一旁玩，其实没有什么可玩，学校里没有别的人，除了他们散淡地说话，四周寂静，月光明亮而柔和，有细微的风，空气凉爽。不知道为什么，这个情景我记住了，从未忘记。

过了一年，我到这里上学了。

小学在村子边上。很多年后想到这一点，禁不住心里感谢，感谢它的位置，不在村子的里面而在外围的一个角落，不脱离乡村生活日常，又连着外面的世界。

学校背靠一座小山，山坡贫瘠，散布着矮松、荆棘和杂草，偶尔会窜出只野兔，飞出只野鸡。小山对我们吸引力不大，我们不缺丰盛高深的山，但还是有时候会爬上去，望望不远处不知道蜿蜒通向哪里的公路。有一次我一个人爬到小山顶，站了一会儿，忽然想，继续站下去，能不能站成一棵树？

小山下是苹果园，园门斜对着校门，课间休息时就能进去小闹一会儿，除了苹果成熟的季节。苹果园很大，一直向北绵延，尽头就是另一个县了。这就又要说到一个边上的位置，村子地处两县交界处，行政划分上属于招远，习俗、方言却同于黄县，爬到村子西面群山的高处，我们叫王顶，能望见渤海湾龙口港的轮船。胶东半岛各县人说话，口音差别明显，我们一开口，同县的人马上指出，黄县腔。

冬天，树叶落净，茂密的苹果园显出疏阔。无所事事的周末，结伴闲逛，看园人的小屋已经封了，我们好奇，大一点的孩子带头撬开木窗，爬进去，发现几筐冻苹果。这些苹果是淘汰下来的，个头小，不够卖的规格，随意放在这里，时间一久，就忘了。我们似乎不觉得是偷，反而像是把这些出局的、遗弃的小东西救了出来。我们没有大人那么势利，一口咬下去，带着冰渣，抽口凉气，全身发抖，一半因为寒冷，一半因为兴奋——冻苹果的少年盛宴。

学校放麦假，放秋假，两个短期的农忙假。我割过麦子，掰过玉米，拔过地瓜藤。最快乐的是夜晚的打麦场，大人们忙着脱粒、扬尘，任由旁边高高堆起的麦秸垛变成孩子们的游乐园，爬上爬下，打闹，翻滚，捉迷藏——把自己埋在厚厚的麦秸里面。有一次我在麦秸垛的熟香里睡着了，醒来已是深夜，所有的人都早已回家，周围只有虫鸣。我看着头顶广阔而灿烂的星空，又躺了一会儿，才起身抖掉麦秸，带着自己的影子，慢慢走回去。

上学的日子也有不少劳动。摘松花，冬天教室里生炉子，松花易燃，放进去就会升起跃动的火焰；捋刺槐叶，背回家晒干后，再送到学校，统一卖了，所得用于日常办公开支。这两项都是到村子西边的山里，山连着山，大山小山，人那么少，散到山里，谁也看不见谁。所以这是孤独的劳动；孤独使精力专注，劳动让身心踏实。我们熟悉我们的山，知道渴了哪里去喝最甜的泉水，也知道什么地方有人下了铁丝扣，等待莽撞的野兔。山里据说也有狐狸，村里人讲过许多狐狸的故事，真假难辨，不过我从来没有见到，倒是见过几次黄鼠狼。我们熟悉山里的梨树、柿树、桃树、杏树、山楂树、李子树、栗子树，熟悉很多野果，有叫出名字的，有叫不出名字的。最常摘来吃的，是荆棘上的山枣。

集体劳动更轻松、活泼一些。在苹果树下拔杂草，在田野里拾麦穗，休息的时候围着老师听故事。苗老师讲了一个土匪打日本鬼子的故事，最受欢迎。这个土匪真有其人，故事在山东半岛流传多少年了，之前我听祖父讲过，但没有苗老师讲得绘声绘色。下一次劳动的间歇，我们要求，苗老师，再讲一遍那个土匪打鬼子的故事吧。

多年以后的一个晚上，我在复旦大学东部阅览室翻新到的一期《人民文学》，读到《红高粱》，无比惊讶，又困惑不已：原来我小时候听的故事，可以写成小说？可以这样写小说？《红高粱》当然大大不同于我听过的故事，但独特的原型、浓烈的民间传奇气息，我曾经那么熟悉。再后来，遇到莫言，说起家乡，他告诉我当兵期间驻扎在北马好几年。那个地方离我们村十里，村民常去赶集。

学校两间教室，两个老师，所以我们是复合班上课。一年级和五年级在一间，二、三、四年级在另一间。复合班的好处真是妙不可言，课堂永远不会单调，埋头写作业的时候，耳朵支棱着，听其他年级的课；所有年级的学生都是同学，年龄不齐，智愚各异，有趣的事总是不断。

我的第一个老师大概二十岁，教得好，但严厉，同学们有些怕他。课间休息，他常坐在教室前面的石条凳上拉二胡，这样的时候面色柔和下来，神情沉醉。他的二胡是自己做的，弓毛取自马尾，琴杆、琴筒、弓，各用不同的木料，很是讲究；有人打了一条大蟒蛇，他去取了蛇皮，做成了琴皮。不拉的时候，他也时不时用松香擦拭琴弦和弓毛，松香也是自己熬制的。我很想试试他的二胡，始终没敢。那时候我学着拉京胡，父亲从县城给我买了一把，最便宜的一种，三块三毛钱。晚上，学校里空了，近处的人睡觉时常常听到二胡声。要到很后来，我才意识到，我的老师可能是孤独和苦闷的。过了一两年，他父亲退休，他接班，离开学校到县城去了。

上二年级，换到另一间教室，是苗老师教我们。苗老师是公派教师，负责我们这个小学已经很多年了，跟村子里的人都熟，挺受尊敬。他四五十岁的样子，灰色的中山装，夏天是白衬衫，洗得干干净净；说话总是带着笑，随和，亲切。

三年级的时候，一道数学题，全班同学都做对了，只有我一个人错，他批评我之后，在黑板上边写边讲，结果发现是只有我做对了，他马上批评自己，向我道歉，我这个小学生还真不习惯。

第三个教我的是姚老师，二十出头，头发自然微卷，英俊挺拔。也许因为我字写得不错，记得是冬天的晚上，他叫我到他家里刻钢板，油印复习材料。用尖细的铁笔，一笔一画刻在下面垫着钢板的蜡纸上，这对我可是新鲜的经验，而且以后再也没有这样的经验了。姚老师在学校的时间也不长，也就一两年。

然后来了姜老师，高中毕业不久，我的第四个老师。姜老师喜欢乒乓球，课间就和学生在院子里那个水泥台子上打。同学们最喜欢看我和姜老师对台。我乒乓球打得好，要不是母亲反对，就被上面来考察的人招进少体校专门打乒乓了。母亲的理由很朴素，还是要读书。姜老师如果输了，会提议再来一局；再输，就再来一局。围观的同学乐见我赢，这样休息时间就延长下去，等姜老师放下球拍摇铃上课，已经过了好长一会儿。多年以后想起这些，还能体会到那种单纯的快乐，只是又多了一点点惆怅：自从小学毕业以后，我再也没有拿起过乒乓球拍。

一天我到办公室，看到姜老师自己订的两份杂志，一份《读书》，一份《外国文学研究》，后一份是卷成一卷寄过来的，邮局送信的人说，全县只有两个人订。我当然看不懂，却很好奇，翻一翻，仿佛能够捕捉某种气息，不清楚是什么，只是很确定有那么一个东西。也许就因此，记住了这两个杂志的名字。我是来借《解放军文艺》的，学校订了一份。我的小学跨了两个时代，对于我来说，划分的标志是，现在有杂志订了，母亲先是给我订《儿童时代》，后来又加一份《人民文学》；上初中以后，又订了《小说选刊》。

几年以后，姜老师考上了师范学院，他还不忘他教过的这个小学生，常常给已是中学生的我写信，有时信封鼓鼓的，贴好几张邮票，打开看，里面有他写的文章，抄在红格信纸上。他鼓励我也写点什么给他看，我写得少，回应不成比例，暗自惭愧。

小学生活平淡无奇，父母基本不管我学习上的事，好像很放心。唯有一次，母亲发了火。那是三四年级的时候，母亲偶然看我的作业本，大吃一惊。原本我写字规矩，大方，那一阵子心浮，字写得细细小小，密密麻麻挤在一起，东歪西倒，笔画轻飘，还连笔。当时正要吃晚饭，母亲一气之下，把我的作业本撕了。

这顿饭当然吃不好，母亲这样难过生气，我一声不吭，心里实在震动，以后再也不敢胡乱写字。

一九七八年春天，我在四年级下学期，片里举行了我上学以来的第一次统一考试。负责这个片的是初中校长，成绩出来，他激动不已，觉得发现了一个天才。他拿着我的作文卷，到初中的每个班，轮流念了一遍；数学卷有一道附加题，全片只有我一个人做了出来，他把这道题也拿到初中班里，竟然没有人做对。他兴冲冲跑了几里地，到我们小学，由小学老师陪着找到我家里来。

张校长进了家门，见了母亲，没想到是高中同学，毕业后又一同做了老师，自然觉得话更好说了。他对母亲说，你这个孩子不要读五年级了，跳一级读初中，初中高中看情况再跳级；科大不是招少年班了吗？将来提前考大学。

母亲热情招待同学喝酒吃饭，可是不为他描绘的前景所动，很平静，不松口，她的意思很简单，也很坚定：我的孩子我知道，不是什么天才，就是个平平常常的普通人。做出一道难题就是做出一道题，不说明其他方面。

张校长隔了两天又来，母亲说，路还是要一步一步走。

张校长第三次来，母亲劝菜劝酒，寡言的祖父忽然开口道：庄稼嘛，不到季节，不够日子，成熟不了。张校长和祖父碰一下酒杯，我的事就算过去了。

从那以后，一直到今天，四十年了，母亲再也没有提起过这件事。我却从那时候起就记住了母亲说的几句话。我按部就班读完五年级，再读六年中学，十八岁正常年龄进大学。

二〇一八年十月二十五日

收录机

一九八五年上大学以后，不记得哪个学期，买了台夏普双卡收录机。后来的记忆老是出错，愿意它是春雷牌的，上海无线电三厂生产。或许因为，上小学的时候常到一个同学家里听评书，他家的收音机是春雷牌的，当时差不多算得上件奢侈品，印象过于深刻。

对于宿舍公用的桌子来说，这台收录机体积过大，我只能把它放在上铺靠墙的床边。买它主要是为了听 103.7 调频立体声，放磁带，以及转录磁带——我们用索尼空白磁带转录流行歌，省不少钱。

每个宿舍都有几台式样不一的收录机，从走廊上过一趟，像穿行在不同场次的演唱会之间。时间未久，不同宿舍的口味差异就显出来：国语歌、粤语歌、英文歌，各有偏好。听粤语歌的最理直气壮。一个同学启蒙我说：粤语歌里面有故事，有细节，抒发感情有来由，有依托。这个话我记得很清楚，大概是因为此前和此后，都听了很多不知从何而起的滥情歌的缘故。

粤语流行音乐黄金时代的歌手，通过磁带和调频进入我们的生活。如今，那个时代早就过去了，小乔喜欢的谭校长早早退隐，小家伙喜欢的梅艳芳逝去，更不要说张国荣的死，陈百强的死——我们都喜欢他的《偏偏喜欢你》。国语歌手似乎更不堪时间的考验，那时候喝醉了酒就要唱《大约在冬季》和《外面的世界》，多年之后看到齐秦出现在大陆的综艺节目，真有不忍心听他唱下去的感受。

不过，今天听听偶尔还出来唱唱歌的张学友，心里比过去更为叹服，当年还多少有些嫌他声音过于华丽，现在却要感慨华丽之下层次的丰富。李宗盛做吉他去了，他的歌经过时间的淘洗，没有损伤，却似乎更见出质地。质地，又有多少歌和歌手，能让人想起这样的词。

收录机用了两年，就开始出现各种毛病。我提着它去找爱因斯坦。

爱因斯坦当然不叫爱因斯坦，他是我的老乡，和我从同一个中学考入复旦，如愿进了物理系。大学第一年，我们差不多天天见面，每次见面，他必谈爱因斯坦和理论物理。我一个中文系的人，哪里听得懂？谈了一段时间，他改用通俗语言，循循善诱，我不便打击他的耐心，只好装作若有所悟的样子。又过了一段时间，他发现我完全是不懂装懂，大大发了一通脾气。我呢，大大松了一口气，心想，以后可以换别的话题了。没有料到我错了，再见面还是谈爱因斯坦和理论物理，而且扯掉了通俗语言的面纱，回到了理论物理课堂上的语言。这个时候，他放松了，因为不必再担心我是否听得懂，反正无论如何我也听不懂，他讲起来更加流畅，也更加狂热。也就是在这个时期，我，以及另外两个同乡，叫他爱因斯坦。我们那时候不懂，他得有多孤独，才会锲而不舍地长期对牛弹琴。

谈了一年之后，他忽然得了肝炎，不得已休学。又过一年，肝炎好了，他回到学校接着读，我已到大三。他身上发生了很大的变化，其中之一，不再谈理论物理，却干起了技术活：利用课余，在学生活动中心开了间维修铺，修理收录机和电视机。原来他回家休学期间，也没闲着，高中的物理老师拉他进自己开的维修铺，修理摩托车为主，兼修各类家电。他返校就把这技术活也带回来了。这真是时候，我的收录机正进入发病期。

断断续续维修了几次之后，有一天他说，算了，我给你重装一台。

就这样，我有了一台很可能是复旦校园里个人拥有的最好的收录机，这从周围同学异常羡慕的眼神大致可以判断。外壳还是夏普，里面是些什么我就不知道了。而且，它从未坏过。

读研究生的时候，我把它从东部宿舍搬进南区十四号楼。整幢楼空空荡荡，分到这里的同级新生，都到崇明农场还有其他什么地方劳动锻炼去了；我一个人，在五楼角落里的一个房间，住了一年。在这样的情形中，收录机里传出来的声音有时显得格外突兀而固执。那段时期我转录了两盒平克·弗洛伊德的《墙》，所以会反复听到罗杰·瓦特的声音撞到四壁的回响。

等到毕业工作，我把收录机带到单位宿舍，却不怎么用它了——已经进入九十年代上半期。我离开工作单位的时候，一九九六年，没有把它及时带走；若干年之后，那个宿舍和工作过的整座大楼被炸毁，另建了个什么东西，我年轻时代积存的书，也一同毁了。

好多年我常重复一个梦，梦里到处找收录机，而且梦里还拼命想来想去：收录机怎么丢了？丢到哪里去了？梦醒之后，这份焦虑还得过许久才能平复。我写这篇短文，写出之后，希望不会再做这个梦了。

二〇一七年七月二十一日

香烟的故事

一

四月二十四日，贾植芳先生离世的日子，每年这天，陈思和老师，还有其他学生，都会去扫墓。二〇一八年逝世十周年，这一天也没有什么特别，二十几个人自发前往。上海宝山的仙乐息园修整得比以前好了，但平民墓地，那种挤挤挨挨的格局是变不了的。先生和师母的墓在排列整齐的墓群当中，与周围的墓看不出多大差别。

我给先生点了一支烟。

本来想也给自己点一支，陪先生。墓碑前空间狭窄，不能同时站多人，我移开，转到边上，才也点上一支。

就是这么个小念头，给先生点支烟，已经在心里盘旋了好几天。

不多久前坂井洋史教授来上海，酒桌上，谈话间忽然冒出一句：那个青蛙烟灰缸，还在吗？

我想，大概是不在了。

贾先生的书房兼做客厅，朝南的窗户下是他的写字台，朝东的窗户下放了一条长沙发，沙发前是一个不大的圆桌，无论来的什么人，总是一杯茶，放在桌子上（先生戏谑，说某位名家招待客人，尊贵的请坐沙发，叫用人端上咖啡和糖；次之坐椅子，泡茶；再次之，一碗白开水，站到门口喝）。坂井抽烟，自然对放在桌子上的青蛙烟灰缸印象深。

张掖的河西学院设立贾植芳藏书陈列馆，馆的一角复制了先生的书房，书柜、沙发、圆桌、写字台是原件，从上海运过去的。二〇一六年七月初我去那里，于遥远的大西北蓦然看到熟悉的书桌书架，眼泪差点下来。书桌前墙面上的窗子是画的，窗框却是先生家里原来的窗框，也是特意运过去的。我留意了一下，没有见到青蛙烟灰缸。

最初跟先生读书的时候，我二十二岁，只是偶尔抽烟，但坐在先生书房里的那些时光，像个熟练的烟民，先生抽一支，给我一支，没过一会儿，再点上第二支，第三支。先生坐在藤椅上，不停地说话，右手夹着烟，烟灰燃得老长，然后落下来，落在衣襟上。师母常常提醒先生弹烟灰，先生说着说着，兴奋起来，又忘了。

二

一九五四年十一月二十日，先生给胡风和梅志写信，说："上海天天刮风，气候不正，我每天蹲在屋子里吃烟，因此很怀念你们。"

《贾植芳致胡风书札》（华宝斋书社，二〇〇一年）是我特别珍爱的书，收一九三八年到一九五四年现存的全部信件，因为特殊的原因，这些信件得以保存下来。一个青年——一九三八年先生才二十二岁——在抗战、内战期间的流浪，战斗，写作，"走向生活的底渊去"的历程，单从粗拙、倔强、用力深重的影印笔迹，就能强烈地感受到。然而，忽然停止了。上面抄的"吃烟"的话，是这本书中最后一封信的最后一段话。

一九五五年五月十五日，星期天，习惯晚上工作、睡得很迟的先生还没有起床，师母推醒了他，说外面有车，接他去高教局开会。上了车，先生掏出大前门，党委书记杨西光马上抢着递给他一包中华。中华牌香烟那时候市场没有供应，杨西光不抽烟，先生事后回想起来才明白，杨西光知道要抓他，特地给他带上一包烟。当晚，先生被宣布逮捕，押入建国西路第三看守所。

先生晚年写回忆录《狱里狱外》（上海远东出版社，一九九五年；香港天地图书公司，二〇〇一年），能生敢死凛然之气贯穿始终，笔致却是落在具体生动的人事上，微物如香烟，也一而再，再而三地出现在对严酷生活的叙述中。譬如入狱之后，“一夜无眠。监房里没有香烟，口袋里杨西光送的那包中华牌也早已抽完了。我翻身起来，心底里涌上了一种意欲惹事的恶作剧感。于是梆梆地敲打着靠走道墙一边的那一扇门上的小窗口。一会儿，值班的解放军看守跑过来，开了窗口上面的小门。我大声吆喝道：‘拿香烟来！’他没作声，关了小门，等了一会儿，回来，递进来三支烟，三根火柴。一会儿抽完了，我再次敲窗，又向他要了三支。当我第三次敲门吆喝‘拿香烟来’时，他开始显得不耐烦了。可是我也嫌麻烦。我说：‘你给我一包吧，省得你跑来跑去的，你放心，我绝不会去自杀！’他这时已摆出一副冷酷的专政面孔，把声音也提高了，训斥说：‘一〇四二（这是我的代号，从此贾植芳的名字消失在我的生活史上长达十二年），我是来看管你的，不是你家的佣人！你知道你是在什么地方？！’我也不示弱，大声说：‘我怎么知道这是什么地方？’他说：‘哼，那你是怎么进来的？’我更火了，把一肚子怨气怒气全朝那个看守身上泼。我对他说：‘又不是我自己要进来的，是你们把我抓进来的，你怎么倒问我？’”

监狱里关押十一年之后，才判刑；又押回原单位复旦大学的印刷厂“监督劳动”，近十三年。重体力劳动，间以批斗，是日常生活。先生在《上海是个海——我在上海的生活史》中这么写道：“那时候我为自己定了些规矩：平时我抽八分钱一包的‘生产牌’香烟，每次挨批斗以后，我就花一角二分钱买一包‘勇士牌’香烟；我一般只吃几分钱一顿的菜，每次挨批斗之后，我就买一块一毛四分钱的大排或者一毛三分钱的大块肉吃，自己犒劳自己。”

我第一次见贾先生，是读本科时候，已经到了八十年代后期。北京大学的王瑶先生来，在第四教学楼有个讲座，贾先生是主人，陪坐在讲台上。这两位山西老乡坐在一起，很有意思。王先生抽烟斗，贾先生抽纸烟。我对贾先生的第一个印象就是，吸烟的频率极快，一口接着一口，而且抽完一支，接着就点上另一支。大教室里人多，我坐得不够靠前，却特意看了一下，贾先生抽的烟，是黄盒子的凤凰。

三

先生去世十年，我没有写过一篇怀念文章。

十年里，只梦见先生三次。

第一次是先生离开没过几天，我看见先生在光华楼的走廊里，脚步轻快，手杖提在手里，而不是用来拄在地上。先生在世时，出门必带手杖，却习惯了走得快，常常是提着手杖走。我请先生到我的办公室，坐在椅子上，然后泡一杯茶，点一支烟。

过了好几年，第二个梦：桌子上一本崭新的书，大方精美，我仔细看暗红色封面上的字，《悲哀的玩具》。我问，这是重新出版的吗？有一个声音说，对，重新出版的。

醒来我想起关于这本书的事。那时候我已经跟先生读研究生了，北岳文艺出版社要给先生出一本作品选，先生投入热情编好，等了好长时间，一九九一年末，书终于印出来，却删掉了好几篇，而且印制粗劣，扉页裁得短了一截。先生就是在这短了一截的扉页上，给我题签，钢笔尖划破了纸。

第三个梦是最近做的，也许是因为读了宋明炜文章的缘故。宋明炜回忆起他是“小小宋”的时代，有一天陪先生在第九宿舍区散步，迎面碰到一个老教授，亲热地问候，贾老怎样怎样。分开后，宋明炜听到先生说：坏人。我比明炜在先生身边时间长，先生说谁谁是坏人的神情和声音，没有含糊的余地，给我至深的震惊感。我的这个梦前面模糊，最后却是清晰坚定的：先生指着一张脸，这张脸转来转去，转过去的时候是谄笑，转过来的时候刻了两个字，“岸然”，字上还涂了金。先生说：坏人。

先生离开十年了，十年里这个世界的坏人没有减少，这个世界也没有变得更好。这样的话，其实是不必向先生说的，先生哪里会不清楚。就连当年懵懂的我，也逐渐学习辨识投机、伪善，辨识恶。先生曾经告诉我的那些坏人，我用后来的时间验证，我在后来的人中间认出他们的同类。也正因为对恶的认识，才更能感受善，认识善。这个世界不仅需要更多的善，而且需要善的坚韧和勇敢，善的智慧与力量，以抗衡和搏斗。

二〇一八年四月二十六日

读钱细事

一

一九八〇年冬天，我读初二。我们那所学校，建在山岗上，略高出四野，风大。某天上午课间，惊奇地看到教室前面的平地上，摆了个小小的书摊。这是从未有过的事，以后直到我初中毕业，也没有再发生过。来卖书的一男一女，告诉围上来的同学，这是新华书店送书下乡活动，他们从县城里来，骑着自行车，带了两箱新书。

摆在地上的书，用窄长的木条压着，我看来看去，没看出名堂。男店员还在从箱子里往外拿书，到最后，拿出一本

《围城》。等到他放好，我盯着灰蓝色的封面看了好一阵儿，才伸手去翻看。这时候上课铃声响了，我匆匆忙忙掏出钱来，凑足七角八分，递出的时候一张一毛被风刮到地上，女店员一边追赶，一边不忘挥手示意我快去上课。我带着这本不知道是什么的书，跑进教室。

很多年以后我才知道，这本一九四七年由上海晨光出版公司出版的小说，一九四九年之后未再印行，直到一九八〇年才重见天日。我懵懵懂懂，却有恰好撞上的运气。由人民文学出版社的这个版本，我第一次知道钱锺书这个名字。那时候，我当然读不懂《围城》，但至少它的语言，对一个初中生来说，奇异而新鲜，有时甚至是震动，吸引我从头读到尾。

二

六年以后，我在复旦校园的书店买了一套《管锥编》，四册，共十元八角五分。我还在扉页上记下了购买日期，一九八六年十二月二日。《谈艺录》也是同一时期买的，没记日期，想不起是在哪家店，书后面有个印章，篆体阳文“开卷有益”，应该是在书店盖的；也许因为精装，定价五块九。

我已经读大二，但这两部书都只读了个开头，就读不下去了。而跟我同时买《管锥编》的同班同学，整天逃课，躲在宿舍上铺的帐子里，硬是啃了一遍。中文系八五级，比前比后，都算得上自由散漫，调皮捣蛋，表现之一是逃课成风，甚至由此产生出一点叛逆的英雄感。逃了课干什么呢？对不少同学来说，是读书，读自己要读的书。我们班逃课最多的人，那时候读《判断力批判》，读《小逻辑》。我也算经常逃课的一个，但我读西方现代主义文学和中国当代先锋小说，与读《管锥编》和读康德、黑格尔的同学相比，实在是轻松容易得心里暗生惭愧。

文学史课到唐宋这一学期，是王水照先生上的。王先生讲课扎实严谨，语调平缓，没有题外话，在缺乏耐心的学生听来，波澜不惊，少了兴奋点。但到学期中间，忽然大变。有一次讲到什么问题，引钱锺书的说法，王先生详加解释，说着说着，多少有些激动起来，终于抛下讲义，说道，干脆就讲钱锺书吧。课堂气氛一下子欢跃起来。王先生一九六〇年毕业于北大，分配到文学所后，有幸成为钱锺书带的年轻人兼助手，多年接触交往，话题一开，滔滔不绝。即使少不更事如我们，也为王先生对钱锺书的真切叙述所打动。王先生一九七八年春才调来复旦，文学所时期的经历久，又处在二十六岁到四十三四岁之间这么一个人生阶段，自然感情深。

王先生一口气讲了两节课钱锺书，他讲得兴奋，我们听得过瘾。要不是下课铃声打断，大概还会讲下去，因为没有止住的意思。这两节课像是一学期中的华彩段落，之后，王先生又恢复平常的语调。但奇异的是，经过这两节课之后，再听王先生讲课，似乎能够听进去的多一点，懂得多一点，明白得多一点，连一贯谦和平静的声音，有时也能听出起伏和波动，听出激越来。

谈钱锺书，当然会旁及文学所的其他先生，如余冠英、何其芳诸位，王先生对何其芳多有同情的理解。很多年之后，我成为系里的教师，那时候还在学校正门对面的文科楼办公，王先生碰到我，特意说起他有一本关于何其芳的会议论文集，说到论文集里的一篇文章，没过几天他从家里把这本打印的论文集带给了我。

在这之前有一次，在我博士快要毕业那个学期，电梯里碰到王先生，我手里拿着《徐燕谋诗草》复印件，前有钱锺书为他少年时代即已结识的知交作的序，王先生说他没有这篇序，我就给了王先生一份。《徐燕谋诗草》是自印的线装本，日本的木山英雄先生研究当代旧体诗，托我找这本书，我从陆谷孙先生那里借到，复印好了，正巧遇见王先生。

三

一九八九年，我继续学业，读比较文学研究生。这个专业那时候有一个必读书目，《管锥编》即在其中。其实不读也能混过去，没人检查。一位老师说：还是读读吧，懂多少没有关系，至少感受一下钱锺书的广征博引，知道世界上有那么多你不知道的书。

我用了将近一年的时间，把《管锥编》通读一遍。读得慢，却也读得兴致盎然，有些地方停留长久，流连不去。增补的第五册出版，我也读一遍。许多年过去了，至今，我再也没有完整地读这部大书，却常常翻阅，拿起来随便从哪里读上或短或长的几段，几乎成了习惯。要说我翻看次数多的书，《管锥编》一定是其中的一部。

我在古典学问的门外，不敢有片言只语论及这部书。有一次私下聊天，又有一位朋友说，钱锺书有学问，没思想。这样高明的见解并不新鲜，甚至成了一些批评者的“共识”。

不知道那天为什么没忍住，我说，你要什么样的思想？读《管锥编》读不出思想，得怪读者不能怪作者吧？开篇“论易之三名”，“变易”“不变”“简易”，除了“一字多意之同时合用”，就读不出点别的？争论，就像最常见的情形一样，各执一词，除了加深固执，其实是没有多大意义的。隔几天再听到一个有思想的人说，钱锺书学富五车，见仅管孔，就随他得意去了。

我认识的一个人，他读《管锥编》，方法是把这部书从头到尾抄了一遍。所以，读书这事，人和人，真是不能比。

四

读研究生期间仔细读的还有《七缀集》，薄，现代汉语，当然比读《管锥编》容易多了。那个时候我迷博尔赫斯，研二的时候写一篇关于他的短文，提及《七缀集》里两次引证博尔赫斯。在钱锺书这本小册里的两篇文章中看到这个名字，真是惊讶——本来还以为，这个名字专属于先锋小说家。

后来我做老师了，不免常碰到学生问该读些什么书，通常回答不出，而且我也不以开书单为然，脑子里从来没有存储一个标准书单。偶尔有几次，会随口说，说过就忘了。前些年有一次，金理，不知怎么说起他读大学那会儿的事，忽然问我，是否记得向他推荐的第一本书。我当然说不出。他说是在老文科楼的电梯里，我让他找钱锺书的《旧文四篇》来读。他这么一说，我倒想起来了，我是在不同场合跟一些学生推荐过《旧文四篇》，或者全部《旧文四篇》加一半《也是集》合并成的《七缀集》，至于有多少人像金理这样有心，就不得而知了。

再后来，我干脆在研究生的课上讨论这本书。不同的人能读出不同层次的东西，我的想法倒也简单，就是体会一下钱锺书怎么写文章。能从大处看，自然好；一时达不到，也可以先从小处看。比如第一篇《中国诗与中国画》，上来讲文艺风气对艺术家的影响和限制，进而又说，“就是抗拒或背弃这个风气的人也受到它负面的支配，因为他不得不另出手眼来逃避或矫正他所厌恶的风气”。这个意思，抽象地看，似乎我们也能说得出来；“风气是创作力的潜势力，是作品的背景，而从作品本身不一定看得清楚。我们阅读当时人所信奉的理论，看他们对具体作品的褒贬好恶，树立什么标准，提出什么要求，就容易了解作者周遭的风气究竟是怎么一回事”，这个意思，也必定有人会觉得，好像也很平常啊。不过，接下来这一句，有人会说不重要吧，就是我们写不出来的，“好比从飞沙、麦浪、波纹里看出了风的姿态”。

——我们为什么写不出？“风气”我们也会用，也常用，但我们前面写，后面就忘了，用过即扔，麻木不仁；我们用“风气”的时候想不到“风”，想不到“风”的“潜势力”，想不到“风的姿态”，我们丧失了——或者从未有过——对一个词的根源性敏感。

这一类的例子，在钱锺书的文章里俯拾皆是。

我翻自己的这本《七缀集》，里面夹着好几份剪报，其中两份与《汉译第一首英语诗〈人生颂〉及有关二三事》有关，一是复旦史地所周振鹤的文章《比钱说第一首还早的汉译英诗》，他发现香港中文期刊《遐迩贯珍》一八五四年第九号登载了弥尔顿十四行诗 *On His Blindness* 的汉译；另一份是北大法学院贺卫方的《〈人生颂〉诗扇亲见记》。郎费罗的诗译成汉语，译文写在一把扇子上，送给了作者本人。钱锺书说，他“要引的《人生颂》译文和那把‘官老爷扇子’（mandarin fan）上面写的是一是二，有机会访问美国而又有兴趣去察看郎费罗的遗物的人很容易找到答案”。这句话，大多数读者就忽略过去了，偏有这么一位法学家读者，心细如发，又有实际行事能力，便去一探究竟，果真，察看出不少有趣的细节和问题。

这句话，再加上贺卫方的文章，也引发了我的小小兴趣。二〇一五年秋天在哈佛参加一个学术会议期间，忽然想起，就和季进一起步行到郎费罗故居。进了门厅，最先参观的区域里，一眼就看到了那把“官老爷扇子”，比贺卫方当年可是省事多了。不过，整个参观过程对于我来说，算得上不愉快。参观分时间段，到点放一批人进来，这倒没什么，问题是进来之后门就关上了，不到点不开。所以，不管你有没有兴趣，你只好排着队，跟着喋喋不休、声情并茂的讲解员，规规矩矩把一个半小时挨完。我大概有密闭恐惧症，好在门终有打开的一刻。

我跑进花园，不自觉地大口呼吸，看看远远近近的树，枝叶摇动，风的姿态。

二〇一八年九月十九日

歌

二〇〇二年，我在韩国釜山大学做交换教授，常常进进出出学校边上的几家小书店。这有点奇怪，我不懂韩文，逛书店是不是装模作样？虽然不免心虚，还是去过不少次。大概是出于习惯，更因为上课之外的空闲时间很多，这也是一种消磨方式。一天傍晚，在角落里发现一本英文书，厚厚的《布罗茨基英语诗集》，眼睛一热：在一大堆看不懂的书籍中间，找到能够阅读的文字，像看见了亲人；不是母语也一点不减少亲切，因为是布罗茨基啊。

上个世纪八十年代后期读大学的时候，宿舍隔壁一个同学，张口闭口布罗茨基，滔滔不绝，我们干脆送他一个绰号，就叫布罗茨基。也有人心生嫉妒，又不是他一个人喜欢布罗茨基，凭什么就他赢得了这个名字。

我看看书价，犹豫来犹豫去，忍心决定不买，又暗自检讨小气。站在书店里，翻到简单的一首，*A Song*，默记下来，然后赶紧走回研究室，拿张纸写出。那天晚上，我想把这首诗翻译出来，可是试过几次，都觉得不对。以后几天反复试译，读读译出来的中文，声音，语气，韵律，总是不对头。不得已，只好放弃。

二〇〇八年夏天，到圣彼得堡大学开会，东方系楼下有个小花园，会前会后，会议间歇，三四天时间里都会到这里放松一下，坐一会儿，抽支烟。小花园树木掩映，四周散落很多雕像，其中我感兴趣的是，诗人勃洛克，在一个角落，那么瘦瘦长长地立着；作曲家拉赫玛尼诺夫的头像，竖在草地边上；阿赫玛托娃在树下，双臂交叉胸前，神情是忧郁，还是别的什么？说不清楚；而印象最强烈的，是布罗茨基的青铜雕像。

那是一颗头颅，放在一个破旧的旅行箱之上。

雕像就坐落在小花园一角，粗糙的水泥地，周围不是草、树和花。诗人的流亡生涯和颠簸命运一下子就凸现出来。

在陀思妥耶夫斯基旧居也注意到一只旅行箱，但比起来，那只真实的旅行箱比这个青铜雕塑的破旧旅行箱，似乎要好一些。布罗茨基有一张照片，那是一九七二年六月四日他离开列宁格勒飞往维也纳，开始流亡生涯之时拍的，照片上他双腿分开，骑坐在旅行箱上。这座青铜雕像让我想起这张照片，但雕像去掉他的身体，旅行箱上只有一颗头颅，更有表现力。

而且这座雕像很小，又是直接放在平地上，你要蹲下身来，才能和它合影。

我拍照片的时候想起没有翻译出来的*A Song*。

二〇一五年秋天在波士顿市郊宋明炜家里，他从书架上抽出一本书送我，正是《布罗茨基英语诗集》(Joseph Brodsky, *Collected Poems in English*, Farrar, Straus and Giroux, 2002)，和我十多年前在韩国小书店见过的版本一样。多年来，明炜断断续续送过我不少英文书，埃德蒙·威尔逊的评论，波拉尼奥的小说，曾经在明炜任教的韦尔斯利学院教过几年书的纳博科夫的残稿——写在卡片上，编排影印成书。这些，我都喜欢；一下子触动我记忆的，却是《布罗茨基英语诗集》，曾经的眼睛一热，几乎重复了一遍。

前几天，就是二〇一七年最后一天，在微信朋友圈不出意外的辞旧迎新应景图文中，意外看到梁永安老师写他的心情，其中引用了几句翻译的布罗茨基诗。我马上把原诗 *A Song* 拍照，发给梁老师。

发完之后，忽然想，也许今天我可以翻译出来？再一次尝试，似乎找到了声音和语气，很快写出译稿；又发给朋友，征询意见，这儿改一个词那儿变一个韵，与一首字面简单的诗度过岁末。

第二天，元旦，下午我去思南书局。这个只有三十平米的概念店，是个“快闪店”，只存在六十天，每天邀请一位作家驻店和读者交流。我被安排在新年第一天，却已经是倒计时的最后阶段，倒数第三天。当天活动的主持人充满好意，把重点放在我刚出的诗集《在词语中间》上，其中一个环节，要我朗诵新书中的诗。当众朗诵自己的诗，对于我这样一个此前从未有过这种经验的人来说，实在太尴尬了。我随便读了一首，窘迫中忽然闪念，说，我再读一首——布罗茨基的诗。读大诗人的诗，或许能掩饰尴尬吧。于是，我朗诵了昨天译出的 *A Song*——

歌

我希望你在这里，亲爱的，
我希望你在这里。
我希望你坐在沙发上
我坐在近前。
手帕或许是你的，
泪水或许是我的，滑到了下巴边。
也或许，当然，
正好相反。

我希望你在这里，亲爱的，
我希望你在这里。
我希望我们在我的车里，
你转换车挡。
我们会在别处发现自己，
在未知的海岸上。
或者我们去往
我们以前的地方。

我希望你在这里，亲爱的，
我希望你在这里。
我希望我对天文无知
当星星出现，
当月亮擦过水面
叹息和改变在它的睡眠中间。
我希望还是一枚二十五美分硬币
拨一个电话给你。

我希望你在这里，亲爱的，
在这个半球，
当我坐在门廊，
饮一瓶啤酒。
傍晚了，太阳正在沉降；
男孩呼喊而海鸥哭叫。
遗忘有什么意义
如果跟在后面的就是死亡？

一九八九

诗后面标出年份，那一年布罗茨基四十九岁，七年后去世。写这首诗之前两年，他在诺贝尔文学奖获奖演说最后写道："写诗的人写诗，并不是因为他指望死后的荣光，虽然他也时常希冀一首诗能比他活得更长，哪怕是稍长一些。写诗的人写诗，是因为语言对他作出暗示或者干脆口授接下来的诗句。一首诗开了头，诗人通常并不知道这首诗会怎样结束，有时，写出的东西很叫人吃惊，因为写出来的东西往往超出他的预期，他的思想往往比他希求的走得更远。只有在语言的未来参与进诗人的现实的时刻，才有这样的情形。……有时，借助一个词，一个韵脚，写诗的人就能出现在在他之前谁也没到过的地方，也许，他会走得比他本人所希求的更远。写诗的人写诗，首先是因为，诗的写作是意识、思维和对世界的感受的巨大加速器。一个人若有一次体验到这种加速，他就不再会拒绝重复这种体验，他就会落入对这一过程的依赖，就像落进对麻醉剂或烈酒的依赖一样。一个处在对语言的这种依赖状态的人，我认为，就可以称之为诗人。"

二〇一八年一月五日

此时此地

一

坐在窗口，坐在比山巅还高出一截的地方。这额外的一截，就是楼房的高度。

万山之中，有这么几座，顶部推平，建起了楼，一幢挨着一幢，连成了楼群。开发商把这叫作生态度假居住区，老百姓就信了。避暑的人拖家带口，浩浩荡荡而来。堵起车来，绝不比北京上海逊色。进了小区，你以为会安静了，哪里啊，小区里面才是人集中的地方，熙熙攘攘，声响鼎沸，又热又闹。人是最喧嚣的动物。

邀我来的朋友似乎有点抱歉，说，前年来的时候，可没有这么多人，也没有这么多楼。

两年，足以改变很多了。

房地产和汽车，投资，旅游，休闲和养生，这些东西的力量，在这偏僻之地——“老虎喝水的地方”，老早土家族人这样命名——实打实地显形，强烈而突兀；不过从到此度夏的人说来，就很自然了：空气好，气温低，住在森林里面，生活方便，什么都有，林海云天，“唯独没有压力”——这一句是社区里随处可见的房产广告。

他们把城市平民百姓的日常生活打包，像是整体打包，却也剔除了力图躲避的东西——说不出来的烦恼和压力，说得出来而且作为正当理由的高温酷暑——他们把生活搬进大山深处，老虎当然早就没有了，他们搬来宠物狗，甚至搬来了广场舞。晚饭后高音喇叭的声音，比在城市里更清亮，更理直气壮，山谷间的回声也更悠长。社会主义文艺是广场舞的基础和群众基因吧，伴着他们起舞的歌曲，像记忆、情感、身体的按钮，无比熟悉和亲切的魔力按钮，“革命人永远是年轻……”。

他们至少有一个夏季可以永远年轻，可以唯独没有压力。

夏季一过，犹如候鸟，他们返回到真正的有压力的城市日常生活里去。这里，返回到没有人烟的寂静。

二

窗口的桌子上放着一本书，我随手翻开，读到这一段：

“夏季是一段绿色的、紧迫的、很多爱丢失或找回的季节。这是一年中最紧张的时候，就北半球的自然界而言，几乎是一下子有数十亿动物从冬眠中苏醒，还有数十亿动物从热带地区迁徙而至。几乎是在一夜之间上演着求爱、交配和喂养下一代的狂野派对。夏季的主要任务是繁殖，而机会窗口的打开是短暂的。表面看来，夏季是嬉戏的集会，但这掩盖了潜藏的竞争和斗争，因为对于任何一个物种的新生命而言，这个物种中都必须有平均相等数量的死亡。此外，对于大型动物而言，它们的生存需要成百上千的小型动物作为食物，这样它们才能繁衍出自己的后代。而那些小型动物也都进化出了降低被捕食概率的机制。”

这本书叫《夏日的世界》（*Summer World: A Season of Bounty*），是博物学家贝恩德·海因里希（Bernd Heinrich）

对一块树林空地及周边生物的观察、记录，他特别关注不同的生命形式之间的相互作用。中文版（朱方、刘舒译，上海科技教育出版社，二〇一三年）封面上，印着几句二十世纪六十年代米勒（Roger Miller）的歌词："夏季，当树木和叶子变绿，红色的鸟儿歌唱，我会是蓝色（忧郁）的，因为你不接受我的爱。"

三

暑假开始，我从生活和工作的江南都市回北方老家。父母的新家在一楼，有一个不小的院子，隔出一块，种了几棵秋葵，几棵茄子，一垄生菜，一架芸豆，一架菜豆，一架黄瓜。另一边靠墙种了一长排大葱。远方来人，指着大葱，惊喜地喊："这么多芦荟，长得真好！"

外面的草地，对着院了，有二棵年轻的柿子树，枝头已经挂上了青绿色的果实。没想到柿子树被用来做景观。这是我从小就熟悉的树啊，柿子也是我从小就喜欢吃的。弟弟说，现在柿子不值钱，两三毛钱一斤，连摘的工钱都不够。柿子熟了，没人去摘。秋后，冬天，树叶落光了，红彤彤的柿子还挂在枝头，风一吹，掉下几个来，砸到地上，已经烂了。

张大千曾居巴西，他在圣保罗市郊外买了个农场，一九五四年开始造园，在此一直住到一九七〇年前后。他造园很有意思，把两千多本各色玫瑰拔除，种上梅花、芙蓉、秋海棠、牡丹、松树、竹子，有些特别的种类从日本等地运来。最特别的是，他加种了很多柿子树，柿子树有七德，他自己再加一德，所以这个园子就叫“八德园”。他没想到，后来城市人口增加，当地政府要筑水坝，建水库，供应城市用水，把这块地征收了回去。这个南美土地上的中国式园子，就慢慢拆毁了。

古久以来对柿子树的赞美，都落在那种很朴实的“德”上，所说的七德，一长寿，二多阴，三无鸟窠，四无虫，五霜叶可玩，六嘉实，七落叶肥大可供临书。短暂的回乡期间，我每天搬个小板凳，坐在院子前面的柿子树底下抽烟，是受它荫翳之德吧：夏天烈日当空，没个躲避处，抽烟更是找不到个像样的地方；树荫之下，有凉风，没有讨厌抽烟人的眼光，有丝瓜藤爬满院子的铁栅栏，大片的绿叶中间开着黄花，风大了你担心会摇落花瓣，其实一点事没有，安心抽烟好了。

四

从老家北方小城，提前一个晚上赶到机场酒店，乘第二天早班飞机，飞到一个很小的机场。这个航班十天才有一趟。走出机场打车，司机张口三百块。就这样，来到西南的群山之中，坐在山巅上的窗口。

每天看晚霞，看无穷变化的色彩和形状。这里天黑得晚，我看的时间也就很长。人类学家列维-斯特劳斯曾经详细记录过日落景象，他说日落是一场完整的演出，开始、中间和结尾，全都具备；它好像把一个白天所发生的一切，战斗、胜利及失败，重演一遍，只是规模小了一点，速度放慢了一些。

楼下喧腾，生活气息浓烈。远山静默，只是存在，在那里，从远古到将来——将来，也不会所有的山顶都造起楼房吧。视野近处，楼顶上有凉亭，空阔，没有人，因而突出了框架，像在空的空间里画出的实线。暮色渐染，越来越趋浓时分，凉亭的框架柔和而肃穆。

忽然想起米沃什的诗《傍晚》，想不起全部，只是那描述傍晚景象之后，阅读者没有准备迎面撞上的一句：“谁在观赏？那怀疑自己生存的人。”

我为什么要到这里来？人为什么要跑来跑去？

巴西之后，张大千迁往美国，在加州卡米尔买了一处房子，命名“可以居”，多少有点将就的意思吧。所以栖身两年后，又重新购置新住所，名“环荜庵”，重操旧路，把院子里的橡树拔了，种上从日本、越南运来的梅花；还从“八德园”运来“笔冢”碑石，立在园中。真能折腾啊，是不是？但走到哪都总有舍不掉的东西，东方树种就这样运到巴西，又运到美国；巴西的碑石，又运到加州。

张大千晚年定居台湾，又造了一个园子，“摩耶精舍”。造这个园子不用跨洋过海东西方之间运东西了吧？不。他在加州的时候发现了一块大石头，形状似台湾岛，重达五吨，他不怕麻烦，固执地海运回来，立在后院。他说，等他死了，骨灰就埋在这块石头下面，石头就是墓碑。葬身之处，他叫作“梅丘”。

《夏日的世界》快要读完了。第十七章讲到纳米布沙漠中一种独特的植物，百岁兰，它有两片终生不脱落的叶子，常绿水嫩，寿命可达一千多年。海因里希想象，如果百岁兰能够开口，它会说：“上帝对我的仁慈和体贴超越了一切。他赋予我两片叶子，不多也不少，恰恰是我所需要的数量。他让这些叶子伴随我一生，又让我降临在这样一个适宜我的环境中，我不需要迁走，就生活在这里。他提供了我所需要的一切，让我无忧无虑地活上好几个世纪。这里的温度——比什么都了不起的极端夏季——非常完美。我从不中暑，大地和空气源源不断地提供食物。夜晚雾气沼沼的空气为我提供水分和二氧化碳。我简直身处天堂。他预见到每一件小事，让我的生命完整。因此，当他创造世界时，他一定把我特别记在心里。”

二〇一八年七月二十五日，苏马荡

2

■

我是一个教书匠，在课堂上，常常把一个问题讲到自己理解的边界，边界外面还有，但我讲不下去了。这时候我会说：下面我也不知道怎么讲了。这几乎成了口头禅。遭学生大笑之后，还是要提醒一句，讲不下去了不是讲完了，讲出来的边界之外，也许有更大的世界和更多的意思。我也在心里对自己提醒一句，也许，下一次再讲，我可能会讲得多一点，好一点，标记讲不下去的地方，可能会向外挪动一点。

写作使我们发现自己的不足

复旦大学 MFA 创意写作专业创立以来，王安忆、王宏图两位主要负责人邀我兼做导师。实在很惭愧，这么些年，没有做多少事，导师这个称呼更是担不起。现在借着又一届同学毕业作品合集出版的机会，和年轻朋友谈一点我对写作的理解，主要是对写作和写作者关系的一种理解。

刚开始写作的时候，我们会发现自己这样那样的不足。我觉得，这是重要的时刻，是真正理解写作的起点。我说的不足，是指写作帮助你发现的不足。只有你在写的时候，你才意识到某一方面或很多方面的不足。也就是说，如果你没有写作，你还不知道。写作的意义，就在这个地方出来了。

你想方设法弥补这些不足。有些，经过短期的训练即可奏效；有些，必须经过长期的努力；还有的方面，毋庸讳言，一辈子也不行——即使如此，能够获得清醒的意识，比不知道也要好得多。

我很喜欢看历届同学毕业作品的创作谈，和那些成名作家的创作谈不是一回事。在同学们的创作谈里，能看到从开题，到预答辩，到最终答辩这个过程中，对自己不足的发现，对困难的发现，面对和解决问题的态度、方法，调整的思路，以及初始的设想和最终成形之间的差异。有时候特别惊喜，一个年轻的写作者经历了这样一个过程之后，会发生他自己也未曾预料到的变化。

当然，一部作品的完成，两三年的专业学习，不过是写作的初试；如果你愿意继续写作，希望能把这个初试阶段对写作的这一点理解——发现自己的不足——勇敢地带进后来的写作中去。坚持写作，从这个意义上来说，就是持续地去发现自己的不足。当你写得越来越好，写作会帮助你发现新的、更重要的不足。当你能够体会写作和生命之间息息相通的时候，写作使你发现的不足，也许就会从语言文字、情节结构、想象力、现实感，扩充和深入到你自己生而为人的方方面面。这个时候，写作使我们发现的不足，就不仅仅是对写作有意义，更对生命有意义——写作使我们产生对于自己的认识，进而使我们成为更好的自己。

这样说并非夸大写作，对于不写作的人来说，自然有别的途径丰富和提升自己的生命；不过对于写作者来说，意识到写作可能带来什么改变，与对此蒙昧麻木，还是区别挺大的。

其实，一个写作者如果对自己诚实，他就不会轻易放过或者故意视而不见，写作在过程中对他不足之处的提示。写作者不太需要去问别人哪里写得不好，写作本身已经发现了，并且告诉了他，他自己应该比别人更清楚，只是他要有一点勇气对自己承认。

我们经常看到的，不乏相反的情形。一些成熟的作家，不再从写作中发现自己的不足，或者因为经验老到，能够驾轻就熟地绕过、漂亮地掩饰这些不足；更极端的例子，是有人写了一辈子，而他的写作几乎从未发现他的不足。使用了写作这种方式，而浪费了这种方式本来含有的不断发现和促成变化的力量，这未免遗憾，不仅是对写作，更是对写作者。

二〇一七年五月六日

如果可能，我愿意是个随笔作家

一位我敬重又亲切的老师，跟我说：随笔这种类型，不太适合年轻人写；等你老了，阅历多些，读书多些，再来下笔，才会得心应手。这话将近三十年前说的，那时候我开始写一点儿短文章，老师看到了，提醒我不要用错了力。

表面上这话成了耳旁风，我一直断断续续写短文，这么多年下来，居然积累了一些。黄山书社新近印行三册，《迷恋记》和《有情》是重版，《风吹小集》为新编。朋友问写随笔的感受，我首先想起的是老师的话。

其实我始终记着这个告诫，并且把它当作我写随笔的出发点：我有那么多的不足，我得通过一点一点地写，探触限制我的边界在哪里；我得通过一次一次地探触，试着加把劲，把这个边界往外推，能推出一点点，就扩大了一点点。

所以随笔写作，在最好的时候，对于我就变成了学习的过程，弥补的过程，增强的过程，扩大的过程。

读者多喜欢游刃有余的文章，但对于我这样一个自私的作者来说，我更看重写作中的捉襟见肘，这是重要的提示，清楚地标出了自己这方面那方面——知识的、情感的、想象的、表达的，等等——的欠缺。我常常把自己推到这样窘迫的境地。这样才可能——虽然也不是一定就能够——把自己慢慢变得丰富一点、宽裕一点、从容一点。当然，有时候也不免虚荣，会用文字掩饰自己的窘迫，即便这个时候，心里还是清楚的。修辞立其诚，这个诚，会让自己大大受益。

我是一个教书匠，在课堂上，常常把一个问题讲到自己理解的边界，边界外面还有，但我讲不下去了。这时候我会说：下面我也不知道怎么讲了。这几乎成了口头禅。遭学生大笑之后，还是要提醒一句，讲不下去了不是讲完了，讲出来的边界之外，也许有更大的世界和更多的意思。我也在心里对自己提醒一句，也许，下一次再讲，我可能会讲得多一点、好一点，标记讲不下去的地方，可能会向外挪动一点。

随笔不是巨著，写随笔的好处是写完一篇，不久就可以再写一篇，也就是说，不断地有下一次。它给不断的写作者提供了不断的机会。这也是我喜欢写随笔的原因。人不可能一次性地把自己变得足够好，就一次又一次地、一点又一点地慢慢来。

如今我已渐老，越来越靠近老师当年说适合写随笔的年龄——我可以放松一些写随笔了？希望能表现出来放松，同时还能在内心保持年轻时候以来的如影随形的紧张。这种紧张帮助我挣脱画地为牢的自我束缚，趋向之前未曾见识和体会过的许多东西，趋向更多一点、再多一点的自由——很多快乐也随之而生。

如果可能，我愿意是个随笔作家。过去这样想，现在也是。

二〇一七年七月二十七日

这是一本新书

——《读书这么好的事》新版后记

今年春天，参加一个活动，一位中学教师向我提问："出版《读书这么好的事》的时候你三十七岁，今年你已经五十了，你还觉得读书是这么好的事吗？"

她的话让我大吃一惊。一是我没有意识到书最初出版时候我的岁数，二是我大概有意识要忘记我现在的岁数。经她这么当头一问，我不得不在心里做了一下加减法。

实际上还要早，二〇〇一年，也是春天，我三十四岁，轻松愉快地写出十八篇谈读书的文字，组成一个小整体，成为《人文知识读本》的一部分。二〇〇四年，出版单行本，起名《读书这么好的事》。此后，这本小书经不断补充，出过几个不同版本。

蒙上海人民出版社诚意，如今又出此书的新版，趁此机会，我想重复对那位老师的回答：我仍然觉得，读书是这么好的事；只是，五十岁，比三十七岁的时候，更懂得，读书是这么好的事。

不过，说实话，我心里真不觉得写这本小册子已经过了这么长的时间。每当想起这本书，我总以为是不久前——去年，或者上个星期——才写的。现在，这本书印出来，我也会以为，这是一本新书。

二〇一七年六月六日

写诗的事
——关于《在词语中间》

与字、词、句子相处

到现在为止，我写的所有的诗，都在《在词语中间》（作家出版社，二〇一七年）这本书里了。

中年以后，似乎多了一层个人生活：与字、词、句子交流，与语言交流。很难说以前就没有这样的时候，但没有清楚的意识，没有成为生活需求的一种方式，是肯定的。现在则不同，这种交流在日常相处中发生，不必刻意，却也不可缺少。

在这样一层生活里，似乎很自然，写一些诗。写诗，不过是相处交流的多种形式中的一种而已。

同时也有些奇怪，因为很早之前就认定，自己不是写诗的人。朋友曾经为我出过一小册《二十五首诗和无名的纪念》，薄到几乎没有书脊，而所以会出这样一本诗集，不过是留存年轻时代的一点痕迹，也是说，以后不会写这种形式的东西了。

要慢慢地才想明白，原来我有一种几乎是根深蒂固的偏见：如果写诗是“使用”字、词、句子，“使用”语言，那么，我不喜欢这种“使用”行为，还是不写为好。年轻的时候没有想得这么明确，却本能地避开了这种与语言的关系。

如此我也多少向自己解释了何以中年写起诗来这么一个变化。

与字、词、句子的相处交流关系，与语言相处交流的关系，从意识的模糊缝隙，逐渐开阔为生活的实在空间，在这个空间里，写诗不再是无意识或有意识地“使用”语言。不是“使用”语言，语言才敞开了。敞开了它自身，也敞开了与万物百汇的关系。没有封闭的语言，也不会去封闭事物。

这样，就不妨一试，在普通的字、词、句子中，写平常的经验，平凡的呼吸，写中年自甘平庸的诗。

三行集

朋友送我一个小本子，还没有巴掌大。印刷厂裁下来的纸边，朋友说，扔了多可惜，不如做成小本子。我从学写字时就惜纸，因而对惜纸心情下产生的小本子，倍感亲切；可是，做什么用呢？

一页只能写三四行字，不如，就以三行为限，写些自由的句子，如何？既限制，又自由，在这之间，试验一下。

这一试，没想到就试了下来，从四月份小毛茛变成蛇莓，到七月底热风吹落黑色的种子，写满一小本，一百首。这一百首被另一位朋友拿去编到一套小诗丛里，我给取个简单的名字，《三行集》。

这个过程中，写一篇短文，顺手引进其中的一首三行——“风吹到句子之间／风吹词语／风吹到旷野和字的笔画之间”。这其实是我写这个小本子所企望，也多少触碰和体验到的状态。既写小说又写诗的林白，眼尖，从报纸上的短文里看到这几句，就写到了她的诗里：

风吹到句子之间

越吹越近

同时越吹越辽远

风吹词语

然后我去买黄瓜

还有洗衣粉

这时候星星奔赴海洋

风吹到旷野和字的笔画之间

我惊奇三行的句子也能成风，以息相吹。

时间相续，从八月到年底，转过年来到三月，又成五十首。

满一年了，三行的句子随四季轮换一周，于复始之际显现完整之形。这不是事先的计划，随自然流转比计划更能获得运行生息的节奏、韵律和赋形的力量。就此止住。

过　　程

我一九九二年开始用电脑，此后长文短文，都是对着显示屏敲键盘。二〇一一年，不知怎么重新写起诗来，却是用笔和纸。不是有意的选择，到我意识到这个差别，已经成了习惯。今年五月，在一张小纸片上涂成一首《乌鸫》，用手机拍下来，发给一个朋友看——

昨天的乌鸫站在另一条颤动的长枝上
啄食樱花落后结出的小果子
已绿里透红（也是一种樱桃）
转过街角后听它鸣叫
粗一声　细一声　接着婉丽跳荡
远应山涧溪水　而不是它眼前平缓的河流
我初以为是一群鸟呼引唱答
直到去年　发现它喜欢模仿其他鸟鸣
今年我知道　天微明的时候　就是这只
包含了很多种鸟的鸟　把我吵醒

隔了一天，朋友才回微信——

先看见字。

然后是，笔迹，
韵脚。

突然，听见了鸟鸣，
我返身——拽着它——
深夜仰脸走进光灼灼的晨间树林。

原来是这样读一首诗的。

一个一个环节，清晰，缓慢，沿着实在的、可见的“物质”形式——字，笔迹，韵脚，越来越迫近某个点；最终，这个点瞬间打开，打开为一个扩大、完整、生机勃发的世界——声音、光、时间、人的感受和行为。而朋友身处其中。

本来担心字纸上的鸟发不出声音，朋友却听见了，我一下子满心欣悦——超过写出这首诗的时候。感觉是，有了之后的这个过程，这首诗才算完成了。这只“包含了很多种鸟的鸟”，它的鸣叫，有如此惊喜的呼应。

二〇一七年十月十五日

3

■

当我们说现代汉语诗不适合读出来的时候，一方面固然是因为有很多诗确实昧于声音上的表达，另一方面，也有可能是因为我们听觉的狭隘和迟钝，对声音和音乐性的感受与理解因固守成见而懒惰。没有一成不变的、预先存在那里的音乐性，有的是这首诗不断生成的、符合期待/偏离期待/有意对抗期待的声音和音乐性。这个，反倒是现代诗的声音魅力所在。

由此而言，我们还需要练习我们的耳朵，让它变得开放，敏锐，积极，能够感受现代汉语诗复杂、变化、丰富的声音形式。而诗本身，也需要接受声音的检验。

文珍的《柒》

读文珍的小说，常常让我想起穆旦的诗。这有什么道理吗？或许有，或许没有。我总会不由自主地认为，我喜爱的作家，他们是一国的。各是各，却能说到一块儿。

单说《柒》（北京时代华文书局，二〇一七年）这部小说集，七个故事，各不相同的两性关系，似乎很容易概括和归类，可我尝试着复述这七篇小说，每一篇都进行不下去。能否复述也许是一种检测方法，复述成功，很可能是作品失败。《柒》难以复述，不仅因为换一种语言就不是原来那个东西了——文珍叙述上用心，七篇小说各有各的语言，这样的个人作品集合实不多见；也不仅因为无法省略过程、细节，甚至无法省略看似无关紧要、旁逸斜出的种种琐屑；我个人觉得，更重要的原因，是作品交织着不同的层次，每一个层次都不容说清楚，何况交织在一起——这或许也是文珍小说特立独出，其独特又是丰富性的独特的一个方面。

一眼就能够看到男女两性的关系，多是关于爱，看到这种关系的发展和变化；在这容易见到的层面，使文珍小说区别出来的，是一种执拗的“热情”及其背后的“力”。这种“力”和“热情”既来自本然生命，更出于主观的渴求，或者可以叫作“心劲”。它是“你底年龄里的小小野兽”，是“燃烧着的”“成熟的年代”，更是一个人主动要扩充、要成长、要去完成的“意志”——执着的“心劲”变成顽强的“意志”，显现为“热情”。不是所有的谈情说爱都能写出“力”和“意志”，文珍小说叙述克制却暗潮汹涌，“热情”非从空泛而起，正是“力”和“意志”的作用。

但“关系”，是何其复杂的事情；“我爱你”，是包含了无穷变化的句子。姑且不谈“爱”的无从定义、无法把握，既具体实在又无比抽象，既触手可及又遥不可期；单说“我”和“你”，不过是“一个暂时的我”“一个暂时的你”。“我和你谈话，相信你，爱你，/ 这时候就听见我底主暗笑，/ 不断地他添来另外的你我 / 使我们丰富而且危险。”忠诚、背叛、分裂、变化乃至变质，不是一般道德意义上的事情，不断“丰富”的“我”和“你”之间无法停下来的互动过程，无从预设一个稳固不变的状态。文珍小说的主人公更是高度敏感，而且锐利，因而心灵历程中时时波动，波幅或小或大，合与不合交错行进，明明灭灭，至某一个点发生转折或者一直维持下去。

在这种倾注了极大“热情”和顽强的“力”的“关系”中，更突出的，却不是“关系”，而是孤独的个体。“我看见你孤独的爱情 / 笔立着，和我底平行着生长！”从这个意义上，我们可以说，文珍的小说写的不只是男女的爱与不爱，而更是一个人穿过“关系”而成长，如她自己所言，“一个人如何在世界上成为他自己”。《暗红色的云藏在黑暗里》是七篇中最“简单”的，写的也不是爱情，正因为其“简单”，更清楚地昭示出一个人努力去成长、去成为的“意志”。“关系”最终从这个女孩身上脱落，“必须独自泅渡”才是她面对人生和个人追求的基本认识。其他几篇，也都有这样的“意志”为核心或核心的一部分。这是两性关系下面的另一个层次，有了这个层次，文珍的小说才成为文珍的小说，因为她自己的内核。

不过也并不到此为止。个人的成长也好，各种纠结的关系及其变化也好，它们发生在一个更大的世界上，这个更大的世界不是在外面，而是我们就置身其中。对置身其中、无从脱离的这个更大的世界，投之以热情和力量，会有什么意义吗？《开端与终结》里写两个女生结伴去福利院做义工，每次出来，都会沉默良久：我们真的帮到她们了吗？小说的叙述者在沙漠里的人造绿洲中听远方朋友的爱情故事，而绿洲只不过是无边无际沙漠里的一小点，造价高昂，必要还是不必要？投向爱情和人生的全部努力，会不会也只是徒劳？“水流山石间沉淀下你我，/ 而我们成长，在死底子宫里。/ 在无数的可能里一个变形的生命 / 永远不能完成他自己。”“在死底子宫里”如何“成长”和“完成自己”？前面说“热情”、“力”和“意志”，它们是在与置身其中的世界的对抗性过程中显示出意义的。文珍不能不意识到这个巨大的困难，有时她甚至不免要和虚无搏斗，然而她还是选择要在“不能完成他自己”的境况里去“完成他自己”。当她说“一个人如何在世界上成为他自己”的时候，并非廉价励志，她不是把“一个人”和“他自己”孤立起来抽象地谈论，她用小说把“一个人”放到“世界上”，让“一个人”“在世界上”展开各种关系也展开自己，一步一步艰难地、诚恳地去“成为他自己”——“他自己”到底是怎样的，还得看他已走过和将走过怎样的路程。

以上仓促所写，是我读文珍这部新小说集的印象。不久之后，在上海万象城言几又书店有一个《柒》的分享会，我把阅读印象简单概括，也是仓促间，说到几点：

一是作者和作品的关系，或者说作者写作时的特殊状态。她写得很投入，这个写小说的人大概隐身于她小说中人物，一同去经历和体验，投入得深，因而热烈；但是与此同时，这个写作者又很冷酷，很冷峻，很严苛，有一个很理性的距离。用一个不恰当的比喻说，比如演戏，她一方面很入戏，另外一方面好像又有一个人在看着自己入戏。光很投入，这个比较容易做到；光很分离，也比较容易做到。本来这两项特质一般不会结合到一个人身上，但是文珍很奇异地把一个很投入的自己，和一个不断对投入的自己进行观察、反省的自己，结合起来了。你在阅读中不断地体会到她在这两者之间波动的频率和幅度，如果是一个女性读者，感受可能会更强烈、更丰富一点。在投入和分离两端，作品拉开了很大的绷紧张力的空间。

第二点是关于作品的内涵。她写各种各样的感情，或者简单地用“爱情”来代替吧，是放在人生里面写的，不是从人生里面抽出来写；她又把这个人生放到更大的世界里，放到这个人生所经历的时代里，也就是说，她不是抽离地写感情，写人。她的感情描述，包含了一个大于感情的人生；她的人生截面，包含了大于人生的世界和时代。同时，感情也好，人生也好，又都是包含在世界和时代里面的。这是一种互相包含的关系。哪怕她写得很细小，很琐碎，也和这个很大的世界、很复杂的时代之间形成一种互相包含的关系。她有能力让我们见到，日常生活里那种感情的缝隙，视而不见的黑暗的部分，这些东西又小又大。

第三，关于语言。我读她的小说，能感觉到不同的力量结合在她一个人身上，在她的小说里运动的，不是一种单向的力。我们大致上可以看到总的力量的主要方向，主要目的，但这种总的力量是由各种力量的挣扎和平衡合成的。这一点从语言上反映出来，她的语言不是单调、平滑的，一个句子里就会有不同的力量，会有两三个意思在竞争，或者互相拉扯。所以文珍的小说读完一遍，回过去再翻翻，更能看出那种特别的语言内部各种力量之间的争辩、分歧、妥协、合作等的痕迹。如果只读一遍，或者只关注故事，这样的痕迹就很可能被忽略了。这样的小说叙述不是一味地往下讲，而是不断地邀请读者停下来，逗留一会儿，语言里面藏有东西。从这个意义上，我说文珍的小说语言内含了诗的语言的特质。

这些印象强烈，但我自己也嫌过于笼统，未及作品的细致分析。无从补救，但要列出七篇小说的名字：《夜车》、《牧者》、《肺鱼》、《你还只是一个年轻人》、《暗红色的云藏在黑暗里》、《风后面是风》和《开端与终结》。写出这些篇名有什么意思？你如果读过这些作品并且为它们打动，你就能够感受到，提起篇名，一个一个作品的情境就会扑面而来——它们饱满，有自己的质地，有特殊的气息。就像说到你认识的一个人的名字，这个人就出现在你眼前。

关于《柒》这个书名，文珍曾说，"'7'像一艘小船，载着自己的七枚故事被浩荡的大风吹行于浩淼无边的意义之洋上。"这个比喻唤起我记忆里文珍的一句诗。这篇短文前面引用的诗句都出自穆旦的《诗八首》，最后，该以作家本人的诗句结束了。这句诗从它所属的上下文中截取，移用过来说从

《十一味爱》到《我们夜里在美术馆谈恋爱》到《柒》——每隔三年一部小说集——渐趋开阔、沉着向上的行程，说文珍目前仍在继续的写作，或者只是它本身所指向的情境：

我们的大船在上升

二〇一七年十月五日、十一月三日

《空响炮》序

这本作品集，八篇小说，都不算长，我却读了不少时间。没法一口气读下去，读完一篇，必得停下来歇一歇，才能继续。虽然其中有些已经不是第一次读，那种不容易消化的感受，仍然强烈地存在。每一篇结束的时候，那种慢慢累积起来的阅读感受迟迟不肯散去，似乎就此停留下来，在你的情绪和意识里占据了一个位置。

另一方面，每篇虽然独立，却又是可以互相参证的，它们是一个共同的社会空间里的故事。这个空间的特征如此突出而又如此地被漠视：中小城市的旧社区，即二十世纪八九十年代建造的小区和工人新村，高速发展的时代已经使它们沦落为老小区和旧新村，住在其中的，主要是退休、下岗工人，以及外来务工人员。这样的老龄化和低收入群体的社区，赶不上当下的脚步不用说，未来的命运也从日益衰败的气息中显现。

王占黑写的就是这样的旧社区里的人，写他们日常的生活，看起来鸡毛蒜皮，东长西短，却总格外深切地关乎生老病死。

但也别把她的小说误会为符号化的“底层文学”。这些积聚起来的作品触须尖细，探及丰富的历史容量和复杂的人生境况，叙述起来细致，平静，克制，以保证不被外在的视角、情绪和意识所简化和概括，或者可以说，她的叙述是这样的社区生活里面的——而不是外面的，更不是上面的——叙述。

她似乎是以分镜的方式推进叙述和结构作品，缓慢移动的画面为实感所充满，自然五味杂陈，内容不免沉重。然而，她并不想背负沉重的包袱，她的人物，她的人物的生活世界，并不被沉重压垮，不仅有尊严，而且有趣，内里是有自处的逻辑、方式和表现形式。能写出这些来，才是她的作品独特的价值所在。

这里不能不说到，她是一个九〇后女生。这个女生迄今为止的创作——除了眼前这本小书，还有另外一部小说集——差不多都是写社区和老人的，写她的父辈和祖父辈。你可以说她有能力——稍微对比一下同龄人，就会发现这是一种不常见到的能力——把眼光从自己和自己这一代身上移开，理解和致敬前辈；同时，也同样重要的是，这也是面对和梳理自身的方式：她和她这一代的许多人，是在这样的社会空间和人际关系中成长起来的，这也是她们自己的经验。她没有隔离和排除这样的经验，而是从中发掘和领会与自我密切关联的方方面面。

就在我写这篇短序的前两天，王占黑获得一个文学奖，颁奖台上，贾平凹拿着奖牌找不到领奖人，想不到叫这个名字的人就是站在他身边的女生。看她的文字，她写的系列社区、街道“英雄谱”，多半也会误解了她的年龄和性别吧。我记得好几年前，刚读研究生的时候，她给我看几篇短作品，我说单独看也好，如果能多写一些，放在一起看，会更见出好来。我只是随意说说，没有想到她那么有耐心，延续几年，真的一篇一篇写下来了。如今，她已毕业，还在继续写她表面波澜不惊的故事。倘若读者有耐心，或许会感受到一些什么，在心里留下一些什么，哪怕只是有趣——它们确实是些有趣的故事，也好。

二〇一七年十二月九日，复旦大学

原来是篇序，现在不是了

首届宝珀·理想国文学奖决选，王占黑凭借第一本小说集，出乎意料成了最终获奖者；同时，她的第二本小说集开始发行。两本书合观，旧小区的“街道英雄谱”已有规模，现实角落里的生死日常，已自成一个密实的“文学世界”。给人的感觉，突然出来了这么个九〇后女作家，一上场就博得了满堂彩。

其实不是，她的这些短篇都是慢慢磨出来的，有不算太短的过程。从她最初给我看作品，已经过去了好几年。她有耐心，又有计划，写了一篇，再写一篇，写成了很多篇的系列，都放着。不是放到抽屉里，是贴到豆瓣上，有人看，人数不多。到最近这一两年，才有机会在刊物上发表出来。

今年二月，王占黑让我给她第二本集子也写个序，第一本写了，这次就想推辞，不成。我知道她心里更看重第二本，也确实这一本更整齐，更丰富，就写了下面这些话：

王占黑接连出两本小说集，《空响炮》之后，《街道英雄》来了。这真是很高兴的事。

光是高兴就好了。还要写个序，这就发了愁。要知道，这本书里有一篇她的创作谈，《社区、（非）虚构及电影感》，诚恳，深切，触及的都是关键之处。我总觉得，有这篇，别人的序完全可以不要了。

小说集的首篇《小官的故事》里，作者透露了这样的信息：

“大约五六年前，我列了一个‘街道英雄’清单，计划要把小区里各路人马写一遍，剃头店师傅，杂货店老板娘，水果摊贩，彩票店主，送牛奶的，卖鸭脖的，闲人和酒鬼，还有几只出色的狗。后来有的人搬走了，有的人死了，还有的，比如做生意总是缺斤少两，我毫不客气地把他踢出了英雄名单。而小官作为小区看门人，理所当然成了他们中的一把手。”

那个时候她写了《小官》；但这个写平民英雄的初始设

想，最终却发生了改变，创作谈里也说到过：

“过了几年发现，去看这个空间内群体生活的凋敝，远比追溯往日的荣光和真善更要紧，便决意再写看门人的故事（《小官的故事》），偷吃狗肉，被年轻人打，去美容店，这时‘街道英雄’的反英雄元素已经显现了。此后接连写了二十来个‘街道英雄’，有人，有动物，清一色都叫‘××的故事’。”

《小官的故事》里面藏着《小官》，这并非出于后设小说的技法，事实上就是先有一篇，后又重来一篇。这种改变，是几年时间里社会趋势的力量，不仅仅小官，作者写的那个生活世界变了，她看那个生活世界的眼光和情感也变了。由此，整体的《街道英雄》确定了一个新的基调。

这些小说，一篇一篇来看，注意力多会放在一个一个具体的人物身上；若当作整体来看，就能够强烈感受到一个特定的社区空间里，生活世界的外在样貌和内部状态、仓促的历史和芜杂的现实。这个小说集的“集”，意义就出来了。从整体上再回看单篇，单篇的分量也加重了。而那些单篇中的人物，其实都在自觉或者不自觉地承载着这个空间的分量，也表现着这个空间的分量。

从一般意义上说，他们不算“英雄”，甚至是“反英雄”，然而从承载和表现生活世界的担当来说，他们就是“英雄”。“英雄”不是高于或脱离了这个生活世界的人物，而是在其内部，构成了生活本身的人物。当他们存在的社区空间似乎处于走向穷途末路的历史时刻，他们以生老病死，以各自执守的方式，赋予这个世界以生活的尊严和兴致、韧性和丰富。所以，最后我要说，《街道英雄》这个名字，饱含了一个在写作过程中一直克制的作者，对从她生活经验里走进她创作世界中的人物的深刻理解和动人感情。

现在书印出来了，书名变成了《街道江湖》，作者拗不过出版公司，这个名字也还好吧，不过不如《街道英雄》好。我的序也去掉了，理由是新作者不需要序。其实序抄了作者很多话，去掉这篇不像样子的小序，倒是应该，完全不需要找理由。

所以，上面的那些话，原来是篇序，现在不是了。但不妨仍然用来推荐这本原本叫《街道英雄》的书，如果《空响炮》的读者觉得好，这本会觉得更好。

二〇一八年九月二十日

现代诗的声音

——《冬天的树和春天的树》序

二〇一八年十二月三十日晚间，坐出租车回家的路上，我一直在想刚刚经历的两个小时。发生了什么事吗？没有；我只是听了一场读诗会。没有必要夸大这样的事，是吧？

可是那些情境，那些声音，固执地重现。上海作协大厅，侧耳团队，新年诗会“夜的酒杯与花束”。我带着一身疲惫进来坐下，散场的时候，忽然觉得轻松和活跃；走在阴郁湿冷的街道上，发现难耐的空气中也有明亮和温暖，有那么一刻，生出久违的亲切感。

这种发生在个人身上的微妙变化，是诗带来的——更确切地说，是读诗的声音带来的。事实上，侧耳精挑细选的作品，大部分我之前读过，有些可以说非常熟悉，没有预料到的是，当这些诗篇被他们读出来的时候，激发了以前未曾产生的一些感受。就是说，直接促生这些感受的，是声音。

就好像是，以前我读诗，像看乐谱，现在，他们把无声的乐谱演奏出来了。

这个未必恰切的比喻引向现代诗的音乐性问题。在中国新诗的历史上，音乐性问题是一个长期的困扰，几代人曾经做出过艰难的探索和实验，却并没有取得多少共识。时至今日，在普通读者那里，甚至在一些诗作者那里，这个问题被取消了：现代汉语诗与音乐性无关。这个普遍的印象和意识进一步导致了对诗的声音的漠视，我们常听见有人说，现代汉语诗不适合读。今天我们说“读”诗，多数时候是“看”诗，不经过读的身体动作发出声音，当然也就没有了经由听觉而产生的身体反应。

诗的物质材料是语言，声音是语言的一种属性，所以也一定是诗的一种属性，而且与意义密不可分。我们平常说话，即使在大多不自觉的状态下，也有语调、节奏，甚至韵律；我们唱歌，是语言和乐曲的融合。诗的声音，应该在这二者之间。也就是说，它不能依赖语言之外的乐曲，而是从语言自身产生出音乐性，这需要自觉的意识和探求，而不同于日常说话的情形。

现代汉语诗没有形成固定的声音形式，却不意味着放弃声音的追求，相反，倒是为这种追求增加了难度，也敞开了实践的空间。发掘和创造现代汉语的声音表达，把音乐性变得丰富和复杂，而不是指向一种或几种声音的模式，音乐性的套路，是值得诗的作者、读者和听众去不断尝试的事。

当我们说现代汉语诗不适合读出来的时候，一方面固然是因为有很多诗确实昧于声音上的表达，另一方面，也有可能是因为我们听觉的狭隘和迟钝，对声音和音乐性的感受与理解因固守成见而懒惰。没有一成不变的、预先存在那里的音乐性，有的是这首诗不断生成的、符合期待/偏离期待/有意对抗期待的声音和音乐性。这个，反倒是现代诗的声音魅力所在。

由此而言，我们还需要练习我们的耳朵，让它变得开放，敏锐，积极，能够感受现代汉语诗复杂、变化、丰富的声音形式。而诗本身，也需要接受声音的检验。

在这个意义上，侧耳的诗选，不同于大多数诗选的特性，就清晰地显示出来。作品本身的选择不必多说，除了通常的选好诗的标准之外，他们还自然地加上了一般诗选忽略的一条：声音的检验。如果你是这本诗选的读者，除了习惯的“看”诗之外，也请听听他们读诗，听听这些声音的诠释；你也不妨自己读，读出声音来，听听自己的声音诠释。让身体的反应，加入对诗的感受和理解中来。

由电视新闻主播组成的这个团队，读诗已经三年了，他们的公号“侧耳SH”不热闹，也不孤独。我时常听他们的声音，有时会想，他们为什么要做这个事啊？我知道他们挑选作品要反反复复斟酌商量，录制过程近乎严苛，有时一首短短的诗要录好几遍。为什么读诗？当然可以列出一些理由，不过最深切的感受在读诗人自己那里；这本诗选的读者听过他们的声音，如果自己也成为读诗的人，就不需要别人来回答了。

二〇一九年六月五日

关于笔记本的书评

《绿茶书情》即将创刊，约我写一篇短文，我当然义不容辞。八年来，“绿茶书情”以一个人的热情和力量传播阅读，形式最初是电子杂志，后来是微信公号，如今转型为纸质载体——从未停止对它想象的主人，现在把想象落实到了“物质”形式，传统的“书”的形式。至少对于像我一样对书更感到亲切的人来说，这是一件好事；当然，也是一件可能更不容易的事。

答应写文章是一回事，写出来是另一回事。好几个月了，茫然不知如何下笔。焦虑都到了梦里：

有人送我一个笔记本——是本子，不是电脑——让我写一篇书评。一篇关于笔记本的书评？是的。

第二天晚上，继续关于笔记本书评的梦。桌子上摆满了各种各样的笔记本，精美异常；相形之下，书架上的书都粗陋不堪。太好了，写笔记本的书评，比写书的书评，更有趣，是不是？于是，我拿起一个本子，翻开空白页，兴致盎然地读起来。

如果不是窗外的鸟鸣吵醒了我，也许在梦里我就完成了作业。

现在，既然写不出合乎绿茶兄期望的文章，就干脆借着梦的启发，胡说八道一番，如何？

这几年，不少出版社以及其他机构印制笔记本，成了一个微现象，我这里就有朋友送的一些。笔记本被归为“文创产品”，“文创”当然是一个滥用的词，这个就不岔开来说了；我想说的是，这些漂亮的笔记本，确实令人喜爱。我曾经跟一个编辑说，你要是能把我的书出到你们的笔记本的水平，我就太满意了。

笔记本不是书，书也许会觉得它是比笔记本高一等的东西。事实上却未必。每年大量的出版物（我懒得去核实具体的数字），其中很有一部分，恐怕比不上笔记本。这个部分占多大的比例，不同的人估算出来的结果会有相当大的差异，一般而言，越是爱书的人，越是把书看得很重要的人，会觉得不如笔记本的书越多。

本来，笔记本是实用的，但现在很少有人用笔在本子上写字，所以笔记本的功能，现在与以前已经不同。现在的笔记本做什么用？比如绿茶，喜欢随手画画，可以用上，但我发现他经常画在废弃的纸张上，而不是笔记本里。或许，利用废纸画起来更自由，笔记本太精美了，反而下笔拘谨？

我这是以自己的心理猜测他。那些让我爱不释手的笔记本，我一直让它们空白着，我怕我写的字，记的内容，配不上它们。

有好几次，王安忆说，现在的笔记本印得这么好，为什么不在笔记本上写啊？她到现在还用笔写作，而且是写在本子上。她的长篇小说初稿，是一个接一个笔记本。她不是唯一的例子，但这样的人实在不太多了，还在维护笔记本原来的功能。

笔记本的空白，似乎是发出邀请，希望在上面写写画画；但现在因为各种各样的原因，这个邀请极少得到回应。

或者，空白根本就不是邀请，空白本身就是自足的，这样就好。现在笔记本的“文创”，基于这样的理念？

再或者，空白是一种态度和立场，是一种包含了拒绝的坚持？印制得精美，是一种抵御的方法？它清楚鲜明地标示一种审美精神和趣味，这种审美上的敏感，使得一个人无法把无聊的会议、腐败而流行的词语、霸道的陈词滥调，如此等等，写进这里面？

笔记本会不会说，有些东西，就让他们写进书里好了。

二〇一八年四月十五日

4

■

“思想”的社会功能之一，是常常被用来划分和标示群体、派别，没有群体或派别“所要”的“思想”，自然也就在群体或派别之外，在“多数”之外。

所谓“思想”云云，有时不过是时代变化的症候，随大势发声而已。

沈从文自有他的思想，只是这是他个人的思想，是从他自己的生命经验与现实摩擦碰撞中产生出来的，是生成之中的，不是凝固的，不是外来的，不是现成的，不是跟随潮流人势的。用现成思想、潮流思想的眼光打量他的作品，看不到想看到的东西，对不上号，就以为是“没有思想”了。这样的情形，在匆忙而没有耐心的时代——时代的思想也匆忙而没有耐心——似乎也无足深怪？

沈从文与五四

沈从文与五四，不能纳入他那一代人与五四关系的大叙述模式中，应该就从他个人来说。

这个关系也不固定，随着时代而发生变化；但却不是顺从于时代潮流而变化，因此就常常显得不合时宜。

下面从三个时段，来做尝试性简述。

一、“你们所要的‘思想’”

《从文自传》最后一节题为《一个转机》，叙述在湘西军队的末期，一个印刷工人带来新书新杂志，沈从文读后感到新鲜异样，“为时不久，我便被这些大小书本征服了。我对于新书投了降，不再看《花间集》，不再写《曹娥碑》，却欢喜看《新潮》《改造》了”。五四新文化运动不断扩大渗透的影响，到一九二三年，波及这个湘西一隅的年轻人，他决定去北京闯荡另一种生活。这在个人身上产生的震动，说成影响是可以的，而且是彼时彼地的强烈影响，但要说成是“启蒙”，恐怕就有些过头了。他说，“我记下了许多新人物的名字”，“崇拜”他们，而且觉得“稀奇”，“他们为什么知道事情那么多。一动起手来就写了那么多，并且写得那么好”。但是紧接着，就来了这么一句：

> 可是我完全想不到我原来知道比他们更多，过一些日子我并且会比他们写得更好。

这个三十岁写自传的人，何以如此“前恭后倨”？

他开始写作，既是为了解决迫在眉睫的实际谋生问题，又是从长远考虑寻找合乎人生理想的出路。在北大旁听，与年轻朋友——五四之后的“新青年”——交往，置身于特别的氛围中，不拘形式的友谊，互相感染的思想、情绪、困惑，跃跃欲试的冲动，汇聚到新文学这个点上，不但增进他对新文学的理解和兴趣，更重要的是，激起了他写作的欲望。

按说，他应该很快就变为“新青年”群体中的一分子——他这一代人，如果从事五四所开启的新文学创作，不就是“新青年”吗？可他，偏偏不像——因为不够“新”。

“新青年”之“新”，在于抛弃“旧我”，获得“新生”，其间的关键，是经历现代思想和观念的“启蒙”而“觉醒”，否定“觉醒”之前的阶段而确立“新我”。沈从文身上没有发生断裂式的“觉醒”，他的自我是以往所有生命经验的积累、扩大和化合，有根源，有来路。他逐渐清晰而坚定地相信，他的现在和将来，他的文学，也根植于此。

《从文自传》还说：那个工人告诉他，“白话文最要紧处是‘有思想’，若无思想，不成文章。当时我不明白什么是思想，觉得十分忸怩。若猜得着十年后我写了些文章，被一些连看我文章上所说的话语意思也不懂的批评家，胡乱来批评我文章‘没有思想’时，我即不懂‘思想’是什么意思，当时似乎也就不必怎样惭愧了”。

既不“启蒙”，又不“革命”，不能跟着时代“前进”，不必多说，似乎自然就是“没有思想”——如果“思想”是时代潮流的强势话语所定义和垄断的，是“拿来”放到你面前要你“接受”和“武装”的话。

在“思想”的时代，在潮流定义“思想”的变幻中，“没有思想”当然“落伍”。一九三四年，沈从文发表《〈边城〉题记》：

> 照目前风气说来，文学理论家，批评家，及大多数读者，对于这种作品是极容易引起不愉快的感情的。前者表示“不落伍”，告给人中国不需要这类作品，后者“太担心落伍”，目前也不愿意读这类作品。这自然是真事。“落伍”是什么？一个有点理性的人，也许就永远无法明白，但多数人谁不害怕“落伍”？我有句话想说：“我这本书不是为这种多数人而写的。”……这本书的出版，即或并不为领导多数的理论家与批评家所弃，被领导的多数读者又并不完全放弃它，但本书作者，却早已存心把这个“多数”放弃了。

“多数”有“思想”或要求“思想”，“没有思想”就不是那么容易的事了，就需要没有潮流力量支撑的个人的坚持，沈从文有的，就是这种个人的坚持："我的读者应是有理性，而这点理性便基于对中国现社会变动有所关心，认识这个民族的过去伟大处与目前堕落处，各在那里很寂寞的从事于民族复兴大业的人。这作品或者只能给他们一点怀古的幽情，或者只能给他们一次苦笑，或者又将给他们一个噩梦，但同时说不定，也许尚能给他们一种勇气同信心！"

过了两年，沈从文又在《习作选集代序》中，总结自己十年来的创作历程，强硬回应一直伴随这一历程的不绝责难："只是可惜你们大多数即不被批评家把眼睛蒙住，另一时却早被理论家把兴味凝固了。你们多知道要作品有'思想'，有'血'，有'泪'；且要求一个作品具体表现这些东西到故事发展上，人物言语上，甚至于一本书的封面上，目录上。你们要的事多容易办！可是我不能给你们这个。我存心放弃你们，在那书的序言上就写得清清楚楚。我的作品没有这样也没有那样。你们所要的'思想'，我本人就完全不懂你说的是什么意义。"

"思想"的社会功能之一，是常常被用来划分和标示群体、派别，没有群体或派别"所要"的"思想"，自然也就在群体或派别之外，在“多数”之外。

沈从文的“前恭后倨”，倒不是对五四新文学有多大意见，而是，从他自己的观察和感受出发，他并不认同这个文学运动很快就发生了的转变：在一九二七年前后，先是商业力量的介入，再是政治力量的争夺，文学的“场域”一会儿像逢场作戏的舞台，一会儿又是以笔为枪的阵地，而所谓“思想”云云，有时不过是时代变化的症候，随大势发声而已。

沈从文自有他的思想，只是这是他个人的思想，是从他自己的生命经验与现实摩擦碰撞中产生出来的，是生成之中的，不是凝固的，不是外来的，不是现成的，不是跟随潮流大势的。用现成思想、潮流思想的眼光打量他的作品，看不到想看到的东西，对不上号，就以为是“没有思想”了。这样的情形，在匆忙而没有耐心的时代——时代的思想也匆忙而没有耐心——似乎也无足深怪？

沈从文在《作家间需要一种新运动》中感叹：“提起‘时代’，真是一言难尽。……这名词本来似乎十分空虚，然而却使青年人感到一种‘顺我者生逆我者灭’的魔力。这个名词是作家制造出来的，一般作者仍被这个名词所迷惑，所恐吓。”

二、不合时宜反复谈五四精神

抗战以后，发生了一个重要的变化：沈从文异于往常，也异于其他多数人，频频谈论五四，每年都写几篇文章，一直持续到一九四八年。问题是，不论救国救亡，还是紧接其后的国共内战，各有当务之急，五四都不再被时代潮流认为是适宜的话题。

沈从文这一系列文章反复强调：五四开启的新文学运动，兴起之初，以大学为中心向社会发散，但在以后的发展变化中，与大学、与教育脱离，先是与商业结缘，接着与政治携手，显出堕落之势；所以需要文学运动的重建，把文运从商场和官场中解放出来，再度与学术和教育结合，这样“一面可防止作品过度商品化与作家纯粹清客家奴化，一面且可防止学校中保守退化腐败现象的扩大”。

前前后后这些文章，从不同的人看来，感受的重点不甚相同。在作者自己，深忧痛感，郁结于心，迫不得已，不吐不快，乃至一说再说；友人或不免担心，如此多管闲事，难保不惹是生非；出于好意而惋惜者也多有人在，以为舍小说创作而作这种批评，实非必要。左翼文坛反应激烈，一批文化人撰文反驳，误解越深，敌意越重，文章的意思越被简化，乃至标签化。

沈从文并非“纯文学”论者、主张“为艺术而艺术”的人，他回溯五四以来的新文学运动，认定它是“廿年来这个民族向上挣扎的主力”；时至今日，它仍然应该倾心致力于“社会重造”和“民族重造”的长远愿望，努力恢复文学革命初始的庄严、勇敢和天真，以避免沦落为某时某地某种政治或政策的工具，附庸依赖的流行货和装饰品。

这是一个耐人寻味的现象：在抗战的大环境和救亡的迫切形势下，以及在此后民族内部的激烈战争期间，沈从文偏偏反世违俗，成了一个不合时宜的五四精神反反复复的絮叨者，不仅谈文学时如此，新的现实中所遭遇的种种刺激，都能触发他从五四的立场做出反应：批评陈铨的《论英雄崇拜》，他标举的是五四倡言的民主政治、科学精神和个人自觉，明确反对集权与领袖独裁式的“英雄崇拜”；谈论妇女问题，他觉察到的是，五四所争取的女性解放，在后来的现代教育中，并没有进一步引导和落实到放大女性的生命和人格，《烛虚》之一、之二论女子教育，痛心于“类型女子”“做人无信心，无目的，无理想，正好像二十年前有人为她们争求解放，已解放了，但事实上她并不知道真正要解放的是什么”。“若想起这种青年女子，在另一时社会上还称她们为‘摩登女郎’，……会觉得这个社会退化的可怕。”他所置身其中的知识阶层，没有远虑，没有生活理想，“把一部分生命交给花骨头和花纸，实在是件可怕和可羞事情”。——他的观察或有个人化的局限和偏颇；不过由五四检视当今，从文学运动、社会思想到文化生活，在他个人看来，诸多方面的确见出历史过程中的“堕落”和“退化”。一些现象或为平常，而人若熟视无睹，一些个人习惯和嗜好，亦似乎不必小题大做，沈从文却严苛对待，即使亲近的人有时也难以理解他为什么要如此操心焦虑。他有一个基本的出发点，这个出发点位于他观察、感受、评判的中心，即“从全个民族精力使用方式上来说”，以此来衡量眼前的种种人事，他不免陷入苛人而自苦的境地。

而面对“民族自杀”的悲剧，沈从文更是焦心如焚，他的五四论说，明知必会得罪双方，陷自己于被夹击之地，仍然忍不住要一再发声。其心也不忍，其声也哀痛：

一九四七年五月，发表《五四》：“五四又来了，纪念了快有三十次，这个国家的破产光景却已差不多了。各种火都还正在燃烧，一直烧到许多人的心上。……我们要从战争以外想办法，用爱与合作来代替仇恨，才会有个转机。”

一九四八年五月四日，同时发表两篇短文，《纪念五四》和《五四和五四人》，前一篇重提五四精神的“天真”和“勇敢”，重申文运应与商场、官场分离，同教育、学术联结，“争取应有的真正的自由与合理的民主，希望它明日对国家有个更大的贡献！”。后一篇说，五四人“即从事政治，也有所为有所不为，永远不失定向，决不用纵横捭阖权谲诡祟自见。……其次是对事对人的客观性与包涵性，对于政见文论，一面不失个人信守，一面复能承认他人存在。……民主与自由不徒是个名词，还是一个坚定不移作人对事原则”。

三、更为悠久的“有情”历史

此后的岁月，用不着沈从文来谈五四。他自己在时代转折之后陷入更大的困境：他的文学遭遇了新兴文学的挑战，这个挑战，不仅他个人的文学无以应付，就是他个人的文学所属的五四以来的新文学传统也遭遇尴尬，也就是说，他不能依靠五四以来的新文学传统来应对新兴文学；况且，他个人的文学和五四以来的新文学传统的主导潮流，并非亲密无间。但他又不愿意认同新兴文学和新时代对文学的“事功”“要求”。这个时候，就需要一种更强大的力量来救助和支撑自己。一直隐伏在他身上的历史意识此时苏醒而活跃起来，帮助他找到了更为悠久的传统。

一九五二年，在四川内江参加土改工作的沈从文，由当前而回想过去，由回忆而串联起个人生命的历史，自是感慨万千；感慨之上，更有宏阔的进境：个人生命的存在，放到更为久远的人类历史的进程中，会是怎样庄严的景象？

> 万千人在历史中而动，或一时功名赫赫，或身边财富万千，存在的即俨然千载永保……但是，一通过时间，什么也不留下，过去了。另外又或有那么二三人，也随同历史而动，永远是在不可堪忍的艰困寂寞，痛苦挫败生活中，把生命支持下来，不巧而巧，即因此教育，使生命对一切存在，反而特具热情。虽和事事俨然隔着，只能在这种情形下，将一切身边存在保留在印象中，毫无章次条理，但是一经过种种综合排比，随即反映到文字上，因之

> 有《国风》和《小雅》，有《史记》和《国语》，有建安七子，有李杜，有陶谢……时代过去了，一切英雄豪杰、王侯将相、美人名士，都成尘成土，失去存在意义。另外一些生死两寂寞的人，从文字保留下的东东西西，却成了唯一联接历史沟通人我的工具。因之历史如相连续，为时空所阻隔的情感，千载之下百世之后还如相晤对。

沈从文的思想最终通到了这里：一个伟大的文化创造的历史，一个少数艰困寂寞的人进行文化创造的传统。

他在老式油灯下反复翻看从糖房垃圾堆中捡来的一本《史记》列传，夜不成寐，进入“有情”的历史：“有情”从哪里来？“过去我受《史记》影响深，先还是以为从文笔方面，从所叙人物方法方面，有启发，现在才明白主要还是作者本身种种影响多。……事功为可学，有情则难知！……特别重要，还是作者对于人，对于事，对于问题，对于社会，所抱有态度，对于史所具态度，都是既有一个传统史家抱负，又有时代作家见解的。这种态度的形成，却本于这个人一生从各方面得来的教育总量有关。换言之，作者生命是有分量的，是成熟的。这分量或成熟，又都是和痛苦忧患相关，不仅仅是积学而来的！年表诸书说是事功，可因掌握材料而完成。列传却需要作者生命中一些特别东西。我们说得粗些，即必由痛苦方能成熟积聚的情——这个情即深入的体会，深至的爱，以及透过事功以上的理解与认识。”

千载之下，会心体认，自己的文学遭遇和人的现实遭遇，放进这个更为悠久的历史和传统之中，可以得到解释，得到安慰，更能获得对于命运的接受和对于自我的确认。简单地说，他把自己放进了悠久历史和传统的连续性之中而从精神上克服时代和现实的困境，并进而暗中认领自己的历史责任和文化使命。

新时代，“时间开始了”，他却进入了“旧时间”的漫漫“长河”。

同时，这也仿佛是自己过去生命中的经验重新连接了起来，譬如：当二十一岁的军中书记从中国古代文物和艺术品中感受人类智慧的光辉时；当三十岁的小说家的自传写到“学历史的地方”来回忆这段经历时；当一九三四年一月十八日在回乡的河流上彻悟“真的历史却是一条河”，而“从那日夜长流千古不变的水里石头和砂子，腐了的草木，破烂的船板，使我触着平时我们所疏忽了若干年代若干人类的哀乐”时……而生命经验的重新连接和贯通，将一直延伸到他未来以研究文物和物质文化史安身立命的后半生岁月中。

二〇一八年四月三日草，五月一日改

《沈从文诗集》前言

理想国的朋友约我编一本沈从文诗选，我以为这是一件很有价值的事，没多想，就答应了。到动手做起来，却觉出取舍之难，斟酌难定，以致一再拖稿，延期至今。

沈从文生前没有出版过诗集，二〇〇二年北岳文艺出版社印行《沈从文全集》，第十五卷为诗歌，广泛搜罗新诗和古体诗，第一次完整展示了他的诗歌创作，功莫大焉。我原来想，从全集诗歌卷挑选篇目，应该比较容易吧。

选来选去，拟定篇目，推翻重来，再推翻，再拟定，反复多次，终不满意。我几乎要打退堂鼓了。

后来豁然开朗，定下新的工作原则：

一、新诗，全收，求全；

二、古体诗，精选，求精。

三十多年来，从沈从文的作品重新“出土”开始，图书市场上的各种选本数量多，类型杂，却没有一本诗作。这当然与沈从文不以诗名有关——这句话未尝不可以换个说法，与对沈从文诗创作的认识不足，甚至没有认识，有关。那么，何不就把新诗全收了？况且，即使对一本书来说，全部新诗的篇幅，也不会太大。在这个意义上，我把“诗选”的计划，变为“诗集”。

沈从文从二十世纪二十年代中期开始写作之初，即尝试多种文类，诗为重要一体。他的第一本书《鸭子》，戏剧、小说、散文、诗，各体杂陈。一九三一年陈梦家编《新月诗选》，选沈从文七首。同时，沈从文极为关注新诗的状况和发展，作新诗批评，尤其是到大学教书后，把新诗研究带进课堂，并且由他的新诗讲义，脱胎出系列的新诗论。三十年代他主编《大公报·文艺》，即注重扶持新诗的探索和实践；四十年代后期主编《益世报·文学周刊》，对现代诗的推动，格外用力，为开一代新风，实有贡献。一九四九年，深陷危机的沈从文，以三首长诗，来描述从精神崩溃中艰难恢复的深切经验，是为最后的新诗创作。

简单地说，沈从文与新诗的关系，是创作者，也是批评家，还是助推的编辑。其中每一个方面，都有值得探讨的空间；这些方面综合起来，成为新诗史上一个丰富的存在，即便是沈从文自己小说和散文创作的卓越成就和长远盛名，也不该遮蔽这个丰富的存在，以及对这个丰富的存在的好奇、兴趣乃至研究。更何况，一个人写作，各体并行，文类之间绝非森然壁垒，其间的关系也大可探寻。

六十年代和七十年代，沈从文写作古体诗，杂咏抒怀，留下特殊时期的心灵信息和思想痕迹。

这本诗集既然以全集诗歌卷为“底本”，自然应该列出原书编者：全集在编辑委员之外，各卷有特约编辑，诗歌卷是王继志、吴蕴东。同时，对这本诗集与全集诗歌卷的不同，做以下说明：

一、全集以“新编集”为单元和次序，本书照搬，只是加标“第 × 辑”字样；

二、第一辑，全集原集名《箪人谣曲》，含有沈从文搜集、整理并加以说明阐释的《箪人谣曲》和《箪人谣曲选》两篇，本书删去此两篇，辑名改为《镇箪的歌》；

三、第二辑，全集原收《莲花》，因见解志熙文章指误，故查核原刊报纸版面，看到发表时并未以诗行形式排印，本书删去此篇；

四、增补全集未收的两首诗，《文字》和《一种境界》。这两首集外诗是裴春芳发现的。本书编入第二辑；

五、古体诗，全集编为多集，本书因选收数量少，只编一辑，拟题《古体杂咏》。

二〇一八年五月四日，复旦大学

凌宇与沈从文研究

一九七九年十月的一天上午，北京大学读现代文学的一个研究生，跟着老作家萧离，七拐八弯，来到小羊宜宾胡同五号，见沈从文。萧离介绍说："这是凌宇，里耶人。"

这个地名一下子让沈从文回到了记忆中的湘西。"我去过里耶，那地方真美。那次我乘船从龙潭去保靖，过里耶时，见一头小白山羊站在河边岩嘴上饮水，情怯怯的，让人替它捏一把汗。"

沈从文去世后，凌宇写《风雨十载忘年游》，描述了他和沈从文第一次见面的情景。

两个家乡人的初次见面，处在凌宇学术事业的开端，与他选择的道路直接关联，因而成了一个包孕性的特殊时刻。

之前他拟了二十三个问题请萧离转呈沈从文，这次见面他带回了沈从文的书面答复。他特别注意到答复中这样的话："凡是用什么'观点'作为批评基础的都没有说服力。因为都碰不到问题。""你应当从欣赏出发，看能得到的是什么。不宜从此外去找原因。特别不宜把这些去问作者，作者在作品中已回答了一切。"

凌宇把问题和答复以《沈从文谈自己的创作》为题，发表于《中国现代文学研究丛刊》一九八〇年第四期。又用一个月时间，写出《沈从文小说的倾向性和艺术特色》——这不仅是他个人研究沈从文的第一篇论文，也是三十年来国内第一篇研究沈从文创作的文章。

由此开始，凌宇的研究越来越深入地展开，成为"文革"后沈从文研究一批拓荒者中最突出的一位；而且，他长时间的专注程度，用心，动情，倾力，也罕有其匹。因此，随后不断发表的论文，出版的著作，都产生了极重要的影响。这个影响不仅见于当时，也延续至后来很长时间；这个影响不仅在沈从文研究领域，也扩大到对中国现代文学的重新认识和理解——凌宇的沈从文研究和中国现代文学研究，本来就是在新的历史时期，重新认识和理解中国现代文学的组成部分。

一九八五年，《从边城走向世界》由北京三联书店出版；一九八八年，《沈从文传》由北京十月文艺出版社出版。如果要标示沈从文研究的路程，凌宇的这两部著作，无疑是里程碑式的作品。

这两本书出版的时期，我还是个大学生，先后从图书馆里借来，囫囵吞枣读了一遍，半懂半不懂。《从边城走向世界》还是我读的第一本中国现代文学研究著作。没想到很多年之后，我也成了一个沈从文研究者，去买了这两本已经读过的书，案头必备。当年不理解的地方，现在才能明白过来。

举一个例子，《沈从文传》第一章写湘西的历史、文化、社会，年轻时读书急，传主出场之前这么长篇幅的一大章，读的时候很有点耐不住。以后才慢慢想过来，不懂得这个，就没法懂沈从文，也没法懂凌宇，没法懂凌宇的沈从文研究背后的很多东西。《风雨十载忘年游》里，有这么一段“闲谈”：

“也许我是个湘西人，您作品中那份乡土悲悯感给我的震撼实在太大。在这人生悲悯里，深藏着您对南方少数民族命运的忧虑。不知我的感觉对不对？”

“苗人所受的苦实在太深了。……所以我在作品里替他们说话。”

谈到这类问题，主客间的心里，似乎都有些沉重起来。

那时候研究沈从文，作品要到各个图书馆里翻旧报刊，一篇一篇查找，连作家自己留存的著作样本也在动乱中毁掉了。有时候凌宇发现某篇署笔名的作品待验证，去问沈从文，沈从文摇摇头说，“记不得了”。他便复述内容情节。不等说完，沈从文拍起手来：“是我的，是我的！”

这样的情形，既辛酸，又快乐。另外还提醒我们，凌宇的研究，在他个人的论著之外，还有一项基础性的工作，发掘和编选沈从文作品，提供给社会读者和专业研究者。后来的读者和研究者坐享其成，也就容易忽略这样的工作所包含的勤苦艰难和特别的意义。这篇短文因此特意列出二十世纪八十年代前半期沈从文“出土”的作品集：

一、《沈从文散文选》《沈从文小说选》，湖南人民出版社，一九八一年。编者署湘潭大学中文系现代文学教研室，是他们来找凌宇合作编选的；

二、《沈从文文集》，共十二卷，花城出版社、三联书店香港分店，一九八二——一九八四年，邵华强、凌宇编选；

三、《沈从文小说选》，共二集，人民文学出版社，一九八二年，凌宇编选；

四、《沈从文散文选》，人民文学出版社，一九八二年，凌宇编选；

五、《沈从文选集》，共五卷，四川人民出版社，一九八三年，凌宇编选。

此后凌宇继续做了多种编选工作，不一一罗列了。我大学时读的是五卷本的选集，后来知道，沈从文最满意的就是这套选集。作为一个沈从文八十年代的读者，我今天依然对当年编选这些作品的人付出的劳动心怀感激。

现在做沈从文研究，当然有二〇〇二年北岳文艺出版社出版的《沈从文全集》可用，凌宇也当然是全集的重要参与者。全集的编后记讲到编委的分工，有这么一句话："刘一友、向成国、凌宇、王继志四位编委承担了全集文学部分（第 1—17 卷）原初文本的查寻、编注、校勘和各卷编辑任务。”简单的交代，里面有怎样的心血，外人不容易体会。我曾经听沈虎雏讲全集的编纂过程，实在是感慨万千。

凌宇曾经对访谈的人说：“这一辈子就是做了沈从文研究这一件事嘛。”其实当然不止这一件事，仅就著述而言，读《凌宇文集》（四卷，湖南文艺出版社，二〇一六年），可以看到其他方面的思考与探索，无论专业论述现代文学（《中国现代文学论丛》），还是“客串”当代文学（《重建楚文学的神话系统》），“偶然”涉足古典文学（《符号——生命的虚妄与辉煌》），都带有强烈的个人风格和学术个性，他自己说，“都倾注着属于我自己的生命激情和人文主义的人生价值立场”。

但沈从文研究确实是凌宇最具标志性的学术工作。这样的学术工作，是在复杂、变化的社会政治和文化环境中展开，并且始终不渝地持续下来的，需要勇气、识见、智慧和力量，并不是现在主导学术生产的拿项目、出成果，写些符合所谓规范的学术八股文。

凌宇何其有幸，在沈从文生命的最后十年，读其书，见其人，忘年交往，也因此共同经历了八十年代政治文化的晴阴变幻而波及作家和研究者的可见和不可见的风雨。他不仅对沈从文的文字，而且对他这个人，都有一个研究者加上一个家乡人的深切的理解和感情。二〇〇八年，凌宇作《莺啼序　沈张墓地感怀》，这首词收录在《凌宇文集》第四卷，这套文集大概印数有限，网上买不到，图书馆大多不藏，所以这里全文抄录如下：

苍崖绿皴虎耳，证双鸾重聚。恍如见，黑凤翾翾，归栖天鹿行处。叹吴楚，情牵万里，长歌一曲方终句。又春深，杜宇声声，韵凄江浦。

忆想当年，海上寄旅，若惘然孤鹜。因缘会，有女超群，清纯明丽如许。拖飞鸿，情传尺素，幸赢得汝心相与。值清秋，比翼京华，快情天宇。

奎星应运，际会文坛，有情比贾屈。数十载，天人悲悯，曲谱边城，独照虚空，等身骚赋。湘人血性，艰危前定，滇云楚雨天涯路。沫相儒，风雨同舟渡。难平块垒，人生不遇知音，满怀绝唱谁诉？

痴情易感，上志难知，郁怵催白苎。自别后，追思前迹，检校遗文，一点灵犀，豁然惊悟。秦楼尚在，清箫何处？潸潸心泪浑似雨。至今朝，不再幽明阻。随君临水登山，万籁萦怀，百花润露。

丁亥春，兆和先生骨灰归葬凤凰从文先生墓地。岁末，湖湘雨雪冰冻连旬，周天寒彻，实有生以来所未遇也。因停电，予雪夜秉烛枯坐家中。忽感念沈张旧事，倍觉伤感。耳边若有音乐声起，如泣如诉。情不能自已，拾笔遂成此序。

二〇一四年十一月，我到长沙做关于《沈从文的后半生》一书的演讲，趁此机会留出一个上午，去凌宇先生家拜访。凌先生随兴而谈，诚恳真挚，性情跃然。时间仓促，却给我至深的感受。凌先生从书房拿出一幅字送我，自书所作七律《边城翠翠吟》。也在这里抄出，以结束这篇向前辈学者致敬的短文：

月色如银镀边镇，高崖凝竚意难平。
风风雨雨冥冥手，炽炽圈圈翠翠情。
人世不全鸾凤侣，山间空啭杜鹃声。
望穿秋水终无悔，一缕精魂铸永恒。

二〇一八年六月二十二日

5

■

那些不同年代的刊物、报纸和书，那些泛黄程度不一的纸张，那些熟悉和不熟悉的名字，聚集，组合，排列，共同参与讲述这样一个文学关系的“故事”。如果从一九二三年八月二十七日《时事新报》副刊《文学》发表的简讯《几个消息》——作者玄，是茅盾——第一次提到T. S. Eliot的名字算起，这个文学的“故事”已经讲述了将近一百年。

“孤独的爱情”与丰富的现代敏感

这次讲穆旦的《诗八首》，讲法是一句一句地分析。一首诗好不好，能不能经得起一句一句的细读，可以作为检验的标准之一。

《诗八首》写于一九四二年，穆旦二十四岁，已经处在现代汉语诗写作“探险队”的最前沿。我用“探险队”这个比喻，来自穆旦本人，他的第一本诗集就以此命名。

我先从《探险队》（昆明文聚社，一九四五年）里面挑出一句，来看看穆旦独特的注意力、感受性和表达方式。这是二十岁时候写的，《我看》的最末一行：

像季节燃起花朵又把它吹熄

这句所描述的自然现象，如果让我们来说，大概通常就会说成：花开花落。花是主语，开、落好像是花自己的事，而且开、落本身也很平常，不值得大惊小怪。穆旦却看到了使得花开花落的力量，即“季节”，这种力量作用于花朵，既热烈又冷酷，热烈时“燃起花朵”，冷酷时“又把它吹熄”。穆旦对这种力量的强烈感受，类似于迪兰·托马斯的表述：“通过绿色的茎管催动花朵的力 / 也催动我绿色的年华；使树根枯死的力 / 也是我的毁灭者。”

现在回到四年之后写的《诗八首》。《诗八首》通常看成组诗，其实可以直接看成是一首诗，一首爱情诗，分八个部分，前后衔接紧密，有头有尾，写出了一个完整的爱情过程。

说到爱情，生活里的爱情和文学里的爱情，我们不妨先自动联想一下，看看浮现到我们脑海里的是什么，然后再来读穆旦的这首诗，做一个对比，或许更能体会穆旦的特质。

诗的开篇：“你底眼睛看见这一场火灾”，第一句就描述出一个爱情现场。把爱情比喻成火，说它的温暖和热烈，很常见，换句话说，也可能是陈词滥调；穆旦加了一个字，变成一个词，“火灾”，同时说出了它的热烈和危险，热烈到有可能成为“灾难”的程度。穆旦经常会在一个意象里包含不同的意思，这是一个很小的例子。第二句紧接着深入这个现场，情形出人意料：“你看不见我，虽然我为你点燃”，“你”和“我”之间的距离关系突显。三、四句是冷峻的分析和深重的感慨：“唉，那燃烧着的不过是成熟的年代，/ 你底，我底。我们相隔如重山！”

这一声“唉”，是无奈，但不停留于喟叹，紧接着是深入“真相”，直白地说，这个爱情“不过是”青春这个年龄的“燃烧”——生命的这个“季节”“燃起”了爱情。非常微妙的是，把“相隔如重山”的原因推到这里，既让人绝望，似乎也暗暗地带来一点儿宽解：“不过是”，好像把重量减轻了；但这个解释虽然逼近根底，却并不充分：它没法解释为什么是“我”和“你”，而不是其他的人。

接下来还是要回到具体的个体，要说“我”和“你”。

“从这自然蜕变底程序里，/ 我却爱了一个暂时的你。”为什么是“暂时的你”？生命本身处在不停息的变化中，任何时候的生命都是“暂时”的，一旦没有变化，停滞了，生命也就不是生命了。这是“自然蜕变底程序”，个体都在这个“程序”里。“自然蜕变底程序”也让我们回过头来理解上一节的“成熟的年代”，“你底，我底”青春也是“自然蜕变”而来的。“你”是“暂时的你”，那么“我”呢？当然也是“暂时的我”，所以这一句其实是“暂时的我却爱了一个暂时的你”，不稳固、不确定的性质愈发强烈。

“即使我哭泣，变灰，变灰又新生，/ 姑娘，那只是上帝玩弄他自己。”“上帝”“玩弄”“你”和“我”，“你”和“我”都是他的造物，也就是“玩弄他自己”。

从“成熟的年代”到“自然蜕变底程序”到“上帝”，越来越清楚地显示出一种力量，这种力量既高于我们个体的生命，又内在于我们个体的生命，它时时刻刻作用于我们，也当然作用于我们的爱情。所以在爱的关系中，不仅仅有“我”，有“你”，还有这样一种无形却强大的力量，使得爱变得复杂和困难。而且，通过爱情，开启了对生命的思考。

这是第一首，它处在爱情开始的阶段，却呈现出了这场爱情的基本格局，呈现出了各种重要的因素之间的动态的紧张关系。

顺着对第一首的理解，我们来看下面的诗。

第二首，“水流山石间沉淀下你我，/ 而我们成长，在死底子宫里”。孕育生命的“子宫”却是属于“死”的，尖锐冲突的力量被扭结在一个短语里，强烈地突出了“成长”的生命所感受的阻碍和抑制。这样的意识和语言方式，在几乎同时写的短诗《春》里，有一个类似的表达：说的是二十岁紧闭的肉体，“一如那泥土做成的鸟的歌”——鸟本能地要歌唱，可是“泥土做成的鸟”如何歌唱？如同年轻的生命要“成长”，可是“在死底子宫里”如何“成长”？纳博科夫曾经说：“我怀疑宇宙原本是个发荧光的尸体，而我们就在那里面。”这个说法与“在死底子宫里”“成长”很相像，但没有穆旦这句诗里的那种极端紧迫的矛盾冲突。这种情形中的“成长”，只能是，“在无数的可能里一个变形的生命 / 永远不能完成他自己。”

接下来，“我和你谈话，相信你，爱你，/ 这时候就听见我底主暗笑”，“我底主”，那种力量又出现了，“不断地他添来另外的你我 / 使我们丰富而且危险”。成长，变化，新因素的加入，我们的生命才变得“丰富”，但不断“丰富”的生命也不断增加不确定性，对于爱情来说，也意味着“危险”。

第一首、第二首，是在爱的强烈渴求和对这种渴求的冷峻的理性思考之间，在这两种力量的纠缠、撕扯中艰难推进的；到第三首，理性暂时退场，青春和爱情的感受性得以充分表现。这一首比较好读，越过“大理石的理智殿堂”，感受年轻生命里的“小小野兽”，“春草一样”的“呼吸”，“颜色，芳香，丰满”，感受生命接触的“疯狂”“温暖”“惊喜”。

第四首承接第三首，“静静地，我们拥抱在 / 用言语所能照明的世界里”；但即使如此，也预留了“危险”：因为还有“言语”所不能“照明的世界”，“而那未成形的黑暗是可怕的”；不过，在“那可能的和不可能的使我们沉迷”之际，先不管它。“那窒息着我们的 / 是甜蜜的未生即死的言语，/ 它底幽灵笼罩，使我们游离，/ 游进混乱的爱底自由和美丽。”

第五首，理性回来了，但它不表现为无情的怀疑，而表现为有情的肯定。自然的景物和自然的秩序引发“我”沉思，夕阳西下，微风吹拂田野的美好与平静，有其根源，是“多么久的原因在这里积累”；同样的原因，同样的力量，使“我”走向“你”：“那移动了景物的移动我底心 / 从最古老的开端流向你，安睡。”“那形成了树林和屹立的岩石的，/ 将使我此时的渴望永存。”与此永存的渴望同时，自然秩序的“形成”和“移动”，也启发“我”：“一切在它底过程中流露的美 / 教我爱你的方法，教我变更。”

第六首，说爱情是一条“危险的窄路”，在相同而生的“怠倦”和差别造成的“陌生”之间，“我制造自己在那上面旅行”。“制造”，即从“我”分裂出一个“他”，这个分裂要用很大的力量人为“制造”而成，“他底痛苦是不断的寻求 / 你底秩序，求得了又必须背离”。

第七首，上一节是对爱的祈求：“风暴，远路，寂寞的夜晚，/ 丢失，记忆，永续的时间，/ 所有科学不能祛除的恐惧 / 让我在你底怀里得到安憩——”；破折号接下来的下一节，却并不能让这个祈求得到圆满实现：“呵，在你底不能自主的心上，/ 你底随有随无的美丽的形象，/ 那里，我看见你孤独的爱情 / 笔立着，和我底平行着生长！”“孤独的爱情”，不交叉，不融为一体，各自生长。

第八首结束全篇，说两个人像两片树叶，分享共同的阳光，这是“再没有更近的接近”了。“等季候一到就要各自飘落，/ 而赐生我们的巨树永青，/ 它对我们的不仁的嘲弄 /（和哭泣）在合一的老根里化为平静。”树和树叶并非是一体同生共死的，它们之间的关系复杂交织着多个层面：“赐生我们的巨树”让我们想起“自然蜕变底程序”，它对“我们”的嘲弄让我们想到“上帝”对他的造物的“玩弄”，而永青的“巨树”不仅“嘲弄”，而且“哭泣”，又让我们想到这是“上帝玩弄他自己”。全诗以“化为平静”归结，实际上却很不平静。

我一开始提到那句诗，读完《诗八首》之后，再回头看看：他写的这一场爱情，整个过程，压缩浓结，是不是就“像季节燃起花朵又把它吹熄”？

《诗八首》热烈和冷峻交相作用，生动的形象和理智的思考紧密结合，身体的感受性和抽象的思辨一并展开，一并深入。穆旦在情感、意识和思想不同层面的现代敏感，在这个作品中体现得复杂、尖锐而丰富，成就了这篇中国新诗史上的杰作。

二〇一九年二月二十二日

惩罚和被惩罚，被伤害和伤害别人

这次讲余华的一个短篇，《黄昏里的男孩》，是一九九七年发表的。当年读这个作品的印象，经过二十多年，非但没有磨灭，反倒在时间的淘洗之后，愈发清晰了。二十世纪九十年代，我和陈思和老师等编选《逼近世纪末小说选》，这个短篇编在第五卷。

小说非常简单，故事的起因是一个小孩从水果摊偷了一只苹果，这样的小事一般来说不太可能成为起因，因为通常不会引发故事，不足以推动故事的发展。但余华以相当冷静、简洁的语言，叙述了一个堪称触目惊心的过程。这个过程就是摊主孙福对男孩的惩罚过程。本来这个过程随时都可能终止的，可是却一次一次出人意料地不断往下发展。其情形似乎是，一旦走上了某种轨道，就会顺着惯性不可遏止地往下滑。

小孩因为饥饿偷苹果，孙福抓住他后，卡住他的脖子，让他把吃到嘴里的一口苹果吐出来，一直吐到连唾沫都没有了为止。这是第一个环节；第二个环节，扭断了男孩右手的中指；第三个环节，把他绑在水果摊前，要他喊叫："我是小偷。"直到天黑收摊。

我们不禁要问：这个使惩罚不断发展的轨道和惯性是什么？

小说在叙述孙福惩罚男孩的同时，特别叙述了他所做的道德化表达，对照上述的惩罚环节，他说的是：

"我这辈子最恨的就是小偷……吐出来！"

"要是从前的规矩，就该打断他的一只手，哪只手偷的，就打断哪只手……""对小偷就要这样，不打断他一条胳膊，也要拧断他的一根手指。"

"我也是为他好。"

就是这一类冠冕堂皇、充分社会化的理由，使他的惩罚越来越严厉，越来越残酷。也就是说，能够被普遍接受的道德戒律成为发泄恶和残酷的借口。

到后来，他不再为自己失去一只苹果而恼怒，倒是心满意足地欣赏和陶醉于自己的惩罚“艺术”了。

这惩罚也真是“艺术”。不仅需要找到最理直气壮地实施惩罚的理由——这理由是现成的，也就是早就有了的“规矩”，拿来用就是；而且需要欣赏这种“艺术”的观众：有人围上来看，孙福就会兴奋起来，就会刺激他继续表演下去。要男孩自己喊叫“我是小偷”，是这种惩罚“艺术”中的精华，当众自我羞辱。

惩罚别人是有快感的，换句话说，作恶是有快感的。这种快感也会成为引发和推动恶的力量。孙福的兴奋，和这种兴奋的持续，把这个有快感的恶的过程展示了出来。

值得注意的是，在整个惩罚过程中，男孩没有反抗，只有接受和顺从。他没有能力反抗：这不仅是说面对孙福，他没有身体的力量；面对公共的社会伦理的“规矩”，他更没有力量。

惩罚过程结束，故事也就结束了。可是小说到这里出现一个大转折，以极其俭省的文字叙述了孙福的遭遇，掀起过去生活的一角，窥见如泛黄的黑白照片般的似乎已经封存了的苦痛和磨难。

很多年前，孙福曾经有过一个可算和美的家庭，可是生活和命运“偷”走了几乎一切：先是五岁的儿子沉入池塘的水中，再是年轻的妻子跟着一个剃头匠跑了。

从过往的经历，似乎可以解释孙福的“恨”，他“最恨的就是小偷”。一个受到伤害的人，伤害郁积，扭曲性情，很容易产生报复的心理和行为，而报复的对象，往往是比自己更无能无力的人。这样，一个受伤害的人就变成了伤害别人的人。

我不想把这个故事的意义普遍化，但我还是要说，这种情境可能发生在我们任何一个人身上——

我们每个人都可能成为孙福，被生活的磨难所改变，以扭曲的方式，以堂皇的理由，发泄对于生活的怨恨和报复；

我们每个人也都可能是那个没有名字的男孩，不知什么时候就会陷入以公共的、抽象的、高高在上的规则为名义的围困当中，接受惩罚，无力反抗，无法辩驳；

还有一种更可怕的情况：那个被折断了手指的男孩，将来会不会也把自己所受的伤害郁积成伤害别人的力量？也就是说，那个男孩，将来会不会变成孙福？这样的人性变态过程，或轻或重，或隐或显，会不会发生在我们身上？

想到这些问题，我们再来读惩罚过程完成后的一段文字，实在不能平静：

> 男孩向西而去，他瘦小的身体走在黄昏里，一步一步地微微摇晃着走出了这个小镇。有几个人看到了他的走去，他们知道这个男孩就是在下午被孙福抓住的小偷，但是他们不知道他的名字，也不知道他来自何处，当然更不会知道他会走向何处，他们都注意到了男孩的右手，那中间的手指已经翻了过来，和手背靠在了一起，他们看着他走进了远处的黄昏，然后消失在黄昏里。

二〇一九年四月十六日

T. S. 艾略特与几代中国人[1]

一

一九二八年六月，上海出版的《新月》第一卷第四期发表了一首题为《西窗（*In Imitation of T. S. Eliot*）》的诗，作者署名仙鹤。这只仙鹤正是《新月》的核心人物徐志摩。他在自己创办的这份刊物上，文章、诗和译作，数量甚多，要么署徐志摩，要么署志摩，偏偏这首诗用了这么陌生的一个

1　以前我写过一篇《T. S. 艾略特和几代中国人》的短文，收入《风吹小集》（黄山书社 2017 年版）。坂井洋史教授筹办“文学现代主义的接触领域”学术会议，提议我以此为报告题目。我把过去的短文当作纲要，写这篇《T. S. 艾略特与几代中国人》，二〇一九年五月二十五日讲于东京一桥大学。

名字。我们无法还原诗人当时微妙的心理活动，但不妨做一个有趣——当然，一定也有人认为是无聊——的猜想：署名和诗题之间，或许存在一种“反向”的关系。诗题引人瞩目，关注点在特意的英文标示，“仿 T. S. 艾略特”；署名遮掩，不让读者一眼就看到是大名鼎鼎的“诗哲”所为。

有意思的还有，徐志摩一九三一年由新月书店出版《猛虎集》，编入《西窗》，却删掉了“*In Imitation of T. S. Eliot*”。至少从我们正在谈论的话题而言，被删掉的正是最有说头的部分。

《西窗》不是徐志摩流行风格的作品，它的异样归功或归咎于诗人有意识的“模仿”。诗的最后三行：

> 这是谁说的：“拿手擦擦你的嘴，
> 这人间世在洪荒中不住的转，
> 像老妇人在空地里捡可以当柴烧的材料。”？

如果熟悉 T. S. 艾略特的诗，你会知道“这是谁说的”。一九一七年的《序曲》(*Preludes*)，最后一段是：

> Wipe your hand across your mouth, and laugh;

The words revolve like ancient woman

Gathering fuel in vacant lots.

我们可以从后来的穆旦那里，读到更准确的翻译：

用手抹一抹嘴巴而大笑吧；
众多世界旋转着好似老妇人
在空旷的荒地捡拾煤渣。[1]

比起徐志摩诸多名篇的风靡，《西窗》实在是受冷落的。不过，至少有一个将来的重要诗人——卞之琳——关注了它，而且关注点也正是徐志摩的“模仿”实验。很多年之后，卞之琳还多次提及此事，虽然在他看来，这个实验是失败的。他说，“一点也不像”[2]；因为徐志摩“始终没有脱出十九世纪英国的浪漫派”，“实际上他的 sensibility 不是艾略特的 modern sensibility，写得很不一样”。[3]

1 《穆旦译文集》，人民文学出版社 2005 年版，第四卷，第 359 页。

2 卞之琳：《〈徐志摩选集〉序》，《卞之琳文集》，安徽教育出版社 2002 年版，中卷，第 321 页。

3 《八个问题的回答及其他：卞之琳访谈》，访问者：三木直大，《新诗评论》总第二十二辑，北京大学出版社 2018 年版，第 269 页。

“浪漫”的徐志摩不够“现代”，也许正因为这个一般的、普及的印象，他对现代主义文学的敏感和涉猎才让人惊讶，倘若注意到诗人被忽略的这一面的话。徐志摩还向他的好朋友胡适推荐T. S. 艾略特，以及詹姆斯·乔伊斯、E. E. 卡明斯。这位中国新诗建立初期“最大的功臣”，会有什么样的反应？也许我们有这样的好奇心。碰巧这样的好奇心能得到满足，因为胡适自己生动记录了两个人之间的分歧式“互动”。

一九三一年三月五日，胡适日记：

> 晚上与志摩谈。他拿T. S. Eliot的一本诗集给我读，我读了几首，如*The Hollow Men*等，丝毫不懂得，并且不觉得是诗。志摩又拿Joyce等人的东西给我看，我更不懂。又看了E. E. Cummings的*is 5*，连志摩也承认不很懂得了。……
>
> 志摩说，这些新诗人有些经验是我们没有的，所以我们不能用平常标准来评判他们的作品。我想，他们也许有他们的特殊经验，到底他们不曾把他们的经验写出来。

志摩历举现代名人之推许 T. S. Eliot，终不能叫我心服。我对他说："不要忘了，小脚可以受一千年的人们的赞美，八股可以笼罩五百年的士大夫的心思！"

孔二先生说：知之为知之，不知为不知，是知也。这是不可磨灭的格言，可以防身。[1]

说来有意思，反对新文学的人反倒不像胡适这么"防身"：《学衡》派的吴宓，对 T. S. 艾略特，颇有亲近之处。比胡适这则日记略早一个多月，吴宓短暂欧游期间，在伦敦拜访了这位哈佛校友，一九三一年一月二十日日记："1—3 访 T. S. Eliot（仍见其女书记，伤其美而作工，未嫁），邀宓步至附近之 Cosmo Hotel 午餐，谈。Eliot 君自言与白璧德师主张相去较近，而与 G. K. Chesterton 较远。但以公布发表之文章观之，则似若适得其反云。又为书名片，介绍宓见英、法文士多人，不赘记。"[2]

一九三六年到一九三七年，吴宓在清华大学外文系和北

1 《胡适全集》，安徽教育出版社 2003 年版，第三十二卷，第 75—76 页。
2 《吴宓日记》，三联书店 1998 年版，第五册，第 169—170 页。

平女子文理学院开设《文学与人生》课，保存下来的讲义提纲里，多处出现 T. S. Eliot。在讲“文学与人生之关系”时，有一组例子，列的是“From Sterne, to Marcel Proust, James Joyce, Virginia Woolf, Gertrude Stein, T. S. Eliot”——如果单独看这份名单，普鲁斯特，乔伊斯，伍尔夫，斯泰因，艾略特，你也许会恍惚，吴宓是在讲现代主义文学吗？这可与安在他身上的保守印象，相去甚远。在这册讲义提纲的附录部分，还有一处列 T. S. 艾略特的批评文集 *The Sacred Wood*（《圣木》），特别摘引了《传统与个人才能》和《但丁》两篇文章。[1]

二

倘若你以为那个年代“幼稚”的汉语新诗，一定不会出现 T. S. 艾略特式的创作，那就是一般推论了；实际情况的发生，时常并不理会一般推论。一九三〇年间，孙大雨在纽约、俄亥俄的科伦布和回到中国初期的日子里，雄心勃勃地写出

1 吴宓：《文学与人生》，清华大学出版社 1993 年版，第 17—18、191—192 页。

将近四百行长诗《自己的写照》，三个部分，分别发表于上海新月书店发行的《诗刊》一九三一年四月第二期、十月第三期和一九三五年十一月八日的天津《大公报·文艺》。虽然没有完成原计划的一千余行，但已经非同凡响。徐志摩、陈梦家、梁宗岱等几位诗人很是激动，徐志摩在《诗刊》第二期的《前言》里说："第一他的概念先就阔大，用整个纽约的城的风光形态来托出一个现代人的错综的意识……单看这起势，作者的笔力的雄浑与气魄的莽苍已足使我们浅尝者惊讶。"陈梦家编《新月诗选》，一九三一年九月新月书店出版，《序言》中论及《自己的写照》，几乎重复了徐志摩的赞叹，称它是"精心结构的惊人的长诗，是最近新诗中一件可以纪念的创造。他有阔大的概念从整个的纽约城的严密深切的观感中，托出一个现代人错综的意识。新的词藻、新的想象与那雄浑的气魄，都是给人惊讶的"。

惊讶的另一面，也即意味着这首诗出现得突然，徐志摩和陈梦家尚且如此感受，对于一九三〇年代初的中国诗坛而言，还没有充分准备好接受和理解这样令人不知所措的创作，也无足深怪。奇异的是此后，有漫长的时间，有层出不穷的文学史叙述，这首诗却鲜被提及，差不多可以说是湮没了。

一九九九年，我的老师李振声撰文《孙大雨〈自己的写照〉钩沉》——“钩沉”，针对的就是长久无闻的命运：“长诗的真正主角，便是现代文明的巨子，庞杂而畸形的纽约城。下坠的堕落与向上的活力、罪孽与救度、排斥与迷惑，各种相异的力量，在诗中神奇地彼此缠绕。……它那赋予混乱的世界以一种秩序的气度，以及笼络、驾驭、吞吐、消化现代都市的雄健精力，这方面能与之相匹俦者，却是至今依然罕见其人。”长诗第一部分描述纽约日常情景：“抒写者似乎在力图暗示，现代世界真正的奇异和神秘不在别处，而就深藏活跃在日常情景之中。……诗行的推进，是对飞驰在黑暗中的地铁节奏的模拟……‘大站到了，大站到了’的地铁催促声，不由使人联想起艾略特《荒原》中的‘时间到了，请赶快／时间到了，请赶快’，二者异曲同工，泄露出川流不息的知觉所意识到的现代时间带给生命的压抑和紧张。在这个疯狂运转的都市里，人的地位已被悬置。”[1]

T. S. 艾略特后来说他从波德莱尔那里得益，主要在于这样的启发：“他写了当代大都市里诸种卑污的景象，卑污的现

1　李振声：《孙大雨〈自己的写照〉钩沉》，《诗心不会老去》，复旦大学出版社 2016 年版，第 293—294 页。

实与变化无常的幻境可以合二为一，如实道来与异想天开可以并列。”[1] 孙大雨从 T. S. 艾略特那里得益，差不多也可以这样描述。当然，孙大雨不只是从 T. S. 艾略特一个人得到启发；我们感受到一个年轻的中国诗人对英美现代主义诗歌的强烈回应，但这么说，我猜想诗人未必高兴，他的野心要大得多。孙大雨晚年，提起这首《自己的写照》，说“它的题目和它所咏的现象之间的哲理方面的关键”，是笛卡尔的一句妙谛：“我思维，故我存在。”“思维的初级阶段是耳闻、目睹的种种感受，即意识，用凝思和想象深入、探微、扩大、张扬而悠远之，便由遐思而变成纵贯古今，念及人生、种族与历史的大壁画和天际的云霞。这样写法我不知西方有哪一位现代诗人曾企图写作过。”话到这种程度，既见抱负，也见性格，从年轻到暮年，未尝改变。而说到这首诗的遭遇，孙大雨更是意气难平：“五十多年前发表它的片段时，能领略以及欣赏它的人恐怕只有三五人。有人因为茫然不懂它，讥之为‘炒杂烩’。我敝帚自珍，惋惜他炒不出这样的杂烩。”[2]

1　T. S. 艾略特：《但丁于我的意义》，陆建德译，《批评批评家：艾略特文集・论文》，陆建德主编，上海译文出版社 2012 年版，第 153 页。
2　孙大雨：《我与诗》，《新民晚报》1989 年 2 月 21 日。

三

一九三一年徐志摩在北京大学上英诗课，讲浪漫主义，特别是雪莱，底下一个学生卞之琳听的感觉是，天马行空，天花乱坠。徐志摩不幸飞机遇难，代替这门课的叶公超别开生面，大讲现代主义诗歌。卞之琳回忆学诗历程，"是叶师第一个使我重开了新眼界"，"后来他特嘱我为《学文》创刊号专译托·斯·艾略特著名论文《传统与个人的才能》，亲自为我校订，为我译出文前一句拉丁文 motto，这不仅多少影响了我自己在三十年代的诗风，而且大致对三四十年代一部分较能经得起时间考验的新诗篇的产生起过一定的作用"。[1]

卞之琳诗思、诗风的复杂化，见于他自己所划分的前期的中、后两个阶段，即从一九三三年到一九三七年抗战前，这一时期的创作代表了他写诗的最高成就。他自己说，"写《荒原》以及其前短作的托·斯·艾略特对于我前期中间阶段的写法不无关系"。[2] 简要说来，表现为与当时新诗通常的写作

---

1 卞之琳：《赤子心与自我戏剧化：追念叶公超》，《卞之琳文集》，中卷，第187—188页。

2 卞之琳：《〈雕虫纪历〉自序》，《雕虫纪历》（增订版），人民文学出版社1984年第二版，第16页。

方式非常不一样的地方：

一个方面是，设置“戏剧性处境”，做“非个人化”处理，这正合卞之琳规避和隐藏自我表达的性格，也为他的自我表达提供了路径。他晚年曾向访问者解释，T. S. 艾略特的“理论是主张尽量impersonal，就是摆脱个人。我是比较客观的，我也是这样，倾向于精简。虽然我写的诗有一些是关于自己的，但尽可能想摆脱个人”。“我的戏剧性，就是感到的东西，在一种情境中，英文叫situation、dramatic situation，诗里面的我不一定是我。就是设想有一个客观的人，处在某一种境界里边，他在里边不管怎么样，说话、抒情，这个东西是放在一种情境里面的。……尽可能不把自己放在里边去，即使放到里边去，我也把它客观化，比如说，我也是一个剧中人，这样子写，而不是真人真事。”[1]

与此相联的另一方面，是“智性”（intellectuality）、“机智”（wit）的运思。更年轻的诗人穆旦评论《鱼目集》，说：“在二十世纪的英美诗坛上，自从为艾略特（T. S. Eliot）所带来的，一阵十七、十八世纪的风吹掠过以后，仿佛以机智

1 《八个问题的回答及其他：卞之琳访谈》，访问者：三木直大，《新诗评论》总第二十二辑，第267—268页。

(wit) 来写诗的风气就特别盛行起来。”“把同样的种子移植到中国来，第一个值得提起的，自然就是《鱼目集》的作者卞之琳先生。《鱼目集》第一辑和第五辑里的有些诗，无疑地，是给诗运的短短路程上立了一块碑石。自五四以来的抒情成分，到《鱼目集》作者的手下才真正消失了，因为我们所生活着的土地本不是草长花开牧歌飘散的原野，而是：‘灰色的天。灰色的海。灰色的路。’”[1]

赵萝蕤也是在课堂上对 T. S. 艾略特发生兴趣的。她在清华大学外国文学研究所读研究生，听过美籍教授温德（Robert Winter）详细地讲解《荒原》，一九三五年试译《荒原》的第一节。一九三六年底，在上海的戴望舒听说此事，就约她把全诗译出。一九三七年卢沟桥事变前一个月，赵萝蕤在北平收到由上海新诗社出版的样书。这本书计印行简装三百本，豪华五十本。

赵萝蕤请叶公超写了一篇序，序以《再论艾略特的诗》为题发表于一九三七年四月五日《北平晨报·文艺》，其中有

1　穆旦：《〈慰劳信集〉——从〈鱼目集〉说起》，《穆旦诗文集》，人民文学出版社 2006 年版，第二卷，第 53 页。

言："他的影响之大竟令人感觉，也许将来他的诗本身的价值还不及他的影响的价值呢。"所以是"再论"，因为三年前，叶公超就写过一篇相当深入的文章，题为《爱略忒的诗》，刊于一九三四年四月出版的《清华学报》第九卷第二期。徐志摩曾经半开玩笑地称叶公超是"一个T. S. 艾略特的信徒"，而叶公超自己，晚年也不无得意地回忆，早年在英国时，"常和他见面，跟他很熟。大概第一个介绍艾氏的诗与诗论给中国的，就是我"。[1]

一九四〇年，赵萝蕤在昆明，应宗白华之约，为重庆《时事新报》"学灯"版撰文《艾略特与〈荒原〉》，有这样清醒的自问："我为什么要译这首冗长艰难而晦涩的怪诗？为什么我对于艾略特最初就生了好奇的心？"她的回答是，艾略特和前人不同，"但是单是不同，还不足以使我好奇到肯下苦功夫，乃是使我感觉到这种不同不但有其本身上的重要意义，而且使我大大地感触到我们中国新诗的过去和将来的境遇和盼望。正如一个垂危的病夫在懊丧、懈怠、皮骨黄瘦、色情秽念趋于灭亡之时，看见了一个健壮英明而坚实的青年一样"。她

1　叶公超：《文学·艺术·永不退休》，《叶公超批评文集》，陈子善编，珠海出版社1998年版，第266页。

急切地点明，“艾略特的处境和我们近数十年来新诗的处境颇有略同之处”。接着历数艾略特之前的诗人诗作，用“浮滑虚空”四个字直陈其弊病。赵萝蕤身受“切肤之痛”，在这篇文章的末尾两段，她迫切要表达的其实正是中国的现实情境和对于中国新诗再生的呼唤：“《荒原》究竟是怎么回事，艾略特究竟在混说些什么？这是一片大的人类物质的精神的大荒原。其中的男女正在烈火中受种种不堪的磨练，全诗的最末一节不妨是诗人热切的盼望‘要把他放在烈火里烧炼他们’，也许我们再能变为燕子，无边的平安再来照顾我们。”“我翻译《荒原》曾有一种类似的盼望：我们生活在一个不平常的大时代里，这其中的喜怒哀乐，失望与盼望，悲观与信仰，能有谁将活的语言来一泻数百年来我们这民族的灵魂里至痛至深的创伤与不变不屈的信心。因此我在译这首艰难而冗长的长诗时，时时为这种盼望所鼓舞，愿他早与读者相见。”[1]

一九四六年七月，陈梦家在哈佛大学会见了回美国探亲的T. S. 艾略特，打电报给在芝加哥大学读博士的妻子赵萝蕤东行与艾略特见面。七月九日晚，T. S. 艾略特请赵萝蕤在哈

1 赵萝蕤：《艾略特与〈荒原〉》，《我的读书生涯》，北京大学出版社1996年版，第7、8、18页。

佛俱乐部晚餐，送给她两张签名照片，两本书：《1909—1935年诗歌集》和《四个四重奏》，前一本的扉页上，写着："为赵萝蕤签署，感谢她翻译了《荒原》。"晚餐后，T. S. 艾略特为赵萝蕤朗读了《四个四重奏》的片段。他希望她能翻译这首诗。"在我们交谈之际，我十分留意察看这位学问十分渊博诗艺又确实精湛的奇人，他高高瘦瘦的个子，腰背微驼，声音不是清亮而是相当低沉，神色不是安详而似乎稍稍有些紧张，好像前面还有什么不能预测的东西。那年他五十八岁。"

——赵萝蕤也不能预测的是，她"此后度过了忙碌的与艾略特的世界毫不相干的三十多年时光"。[1]

四

从赵萝蕤和卞之琳各自初始接触现代主义作品、接受其影响从而进行研究、翻译或创作的经验，我们多少可以遥想当时清华和北大讲授西洋近现代文学的情形。后来，这样的情形就渐成气候，它把尚嫌孤立、微弱的个人经验连接起来，

1 赵萝蕤：《我与艾略特》，《我的读书生涯》，第 242—243 页。

唤起一群青年互相呼应的现代感受和文学表达。这一时期，就是这两所学校和南开大学合并而成的西南联大时期，在讲授传播西方现代主义文学方面，特别应该提到英籍讲师燕卜荪（William Empson）的《当代英诗》课。

当年的学生王佐良回忆，燕卜荪讲课，“只是阐释词句，就诗论诗，而很少像一些学院派大师那样溯源流，论影响，几乎完全不征引任何第二手的批评见解”。这样做的结果，就逼迫他的学生们“不得不集中精力阅读原诗。许多诗很不好懂，但是认真阅读原诗，而且是在那样一位知内情，有慧眼的向导的指引之下，总使我们对于英国现代派诗和现代派诗人所推崇的十七世纪英国诗剧和玄学派诗等等有了新的认识”。[1]联大的青年诗人们，“跟着燕卜荪读艾略特的《普鲁弗洛克》，读奥登的《西班牙》和写于中国战场的十四行，又读狄仑·托玛斯的‘神启式’诗，他们的眼睛打开了——原来可以有这样的新题材和新写法！”[2]“当时我们都喜欢艾略特——除了《荒原》等诗，他的文论和他所主编的《标准》季刊也对我们有

1　王佐良：《怀燕卜荪先生》，《语言之间的恩怨》，天津人民出版社 1998 年版，第 107 页。
2　王佐良：《谈穆旦的诗》，《中楼集》，辽宁教育出版社 1995 年版，第 183 页。

影响。”[1] 周珏良也回忆道：“记得我们两人（另一人指穆旦——引者）都喜欢叶芝的诗，他当时的创作很受叶芝的影响。我也记得我们从燕卜荪先生处借到威尔逊（Edmund Wilson）的《爱克斯尔的城堡》和艾略特的文集《圣木》（*The Sacred Wood*），才知道什么叫现代派，大开眼界，时常一起谈论。他特别对艾略特著名文章《传统和个人才能》有兴趣，很推崇里面表现的思想。当时他的诗创作已表现出现代派的影响。”[2] 王佐良一九四六年为评介他的同学穆旦的诗歌创作而写英文文章《一个中国诗人》，其中深切而动人地描述了初始接触现代主义文学时青年人那种特有的兴奋和沉迷：“这些联大的年青诗人们并没有白读了他们的艾略特与奥登。也许西方会吃惊地感到它对于文化东方的无知，以及这无知的可耻，当我们告诉它，如何地带着怎样的狂热，以怎样梦寐的眼睛，有人在遥远的中国读着这二个诗人。在许多下午，饮着普通的中国茶，置身于乡下来的农民和小商人的嘈杂之中，这些年青作家迫切地热烈地讨论着技术的细节。高声的辩论有时伸

1　王佐良：《穆旦的由来与归宿》，《王佐良文集》，外语教学与研究出版社 1997 年版，第 466 页。

2　周珏良：《穆旦的诗和译诗》，《一个民族已经起来》，江苏人民出版社 1987 年版，第 20 页。

入夜晚：那时候，他们离开小茶馆，而围着校园一圈又一圈地激动地不知休止地走着。”[1]

西方现代诗击中了这群青年人在动荡混乱的现实中所感受的切肤之痛，并且磨砺着他们对于当下现实的敏感，启发着他们把压抑着、郁积着的现实感受充分、深刻地表达出来。也许可以这样说，对于那些青年诗人而言，真实发生的情形并不是西方现代主义手法和中国现实内容的“结合”，却可能是这样的过程：他们在新诗创作上求变的心理和对于中国自身现实的个人感受，在艾略特、奥登等西方现代诗人那里获得了出乎意料的认同，进一步，那些西方现代主义诗歌使得他们本来已有的对于现实的观察和感受更加深入和丰富起来，简而言之，西方现代主义诗歌使他们的现实感更加强化，而不是削弱；同时，西方现代主义诗歌自然地包含着把现实感向文学转化的方式，从而引发出他们自己的诗歌创作。

这群人当中最杰出的代表，就是穆旦。王佐良在《一个中国诗人》中说，“最好的英国诗人就在穆旦的手指尖上，但他没有模仿，而且从来不借别人的声音歌唱”。他以“非中

1　王佐良：《一个中国诗人》，此文原载英国伦敦文学评论杂志 *Life and Letters*，1946 年 6 月号，后刊北平《文学杂志》，1947 年 8 月号。

国”的形式和品质，表达的却是中国自身的现实和痛苦，他“最善于表达中国知识分子的受折磨又折磨人的心情”。这种奇异的对照构成了穆旦的“真正的谜”。

一九七〇年代中期，穆旦与一个学诗的青年的通信，解释自己年轻时候的创作，说过这样的话：

> 其中没有“风花雪月”，不用陈旧的形象或浪漫而模糊的意境来写它，而是用了“非诗意的”辞句写成诗。这种诗的难处，就是它没有现成的材料使用，每一首诗的思想，都得要作者去现找一种形象来表达；这样表达出的思想，比较新鲜而刺人。[1]

“非诗意的”这几个字大有讲究。“非诗意的”辞句，从根本上讲，是源于自身经验的“非诗意”性。诗人在转达和呈现种种“非诗意的”现实经验的时候，是“没有现成的材料”可以使用的，正是在这样的地方，要求现代诗的发现和创造。穆旦说：“诗应该写出‘发现底惊异’。”把穆旦的这段

1　穆旦：《致郭保卫》，《穆旦诗文集》，第二卷，第 190 页。

话和 T. S. 艾略特一九五〇年一次演讲里的一段话相对照，会惊讶于两个人之间如此相通：

> 新诗的源头可以在以往被认为不可能的、荒芜的、绝无诗意可言的事物里找到；我实际上认识到诗人的任务就是从未曾开发的、缺乏诗意的资源里创作诗歌，诗人的职业要求他把缺乏诗意的东西变成诗。[1]

一九四九年，穆旦在经历了大学毕业后九年的各种生活之后，赴芝加哥大学读英文系研究生。我曾经特意在芝大查找并复印了穆旦的成绩单，看到成绩单上排在最前面的那门选课，我笑了：T. S. ELIOT。

一九五三年回国之后，穆旦当然不能再研读和创作现代派的诗歌，他变成了一个翻译家，以查良铮的本名翻译雪莱、拜伦，特别是从俄语翻译普希金。但在生命的最后几年，大概从一九七三年开始，他偷偷翻译青年时代喜爱的现代诗，

1　T. S. 艾略特：《但丁于我的意义》，陆建德译，《批评批评家：艾略特文集·论文》，第 153 页。

主要是T. S. 艾略特和奥登，留下一部译稿《英国现代诗选》，迟至一九八五年才由湖南人民出版社出版。穆旦辞世前一年，一九七六年，又偷偷创作起诗来，恢复成一个诗人。我有时会想，穆旦晚年诗歌创作的迸发，也许就和他翻译现代诗有着隐秘的关联，翻译启动和刺激起了他重新写作的热情。当然，在经历了那么多磨难之后，晚年的穆旦所理解的T. S. 艾略特，晚年的穆旦所写的诗，已经和青年时代不同了。

五

一九五〇年，曾经在西南联大和北大任教过的夏济安短暂栖身香港，写了一首诗，就叫《香港》，却因为不自信，锁在箱子里。时隔八年，陈世骧从美国来台湾大学讲学，演讲《时间与节律在中国诗中之示意作用》过程中，引《荒原》中的三行讲它的节律，不意使夏济安想起自己的诗。他这才拿出来，发表在他主编的《文学杂志》第四卷第六期，题目改为《香港——一九五〇》，并特意加上一个副标题："仿T. S. Eliot的*Waste Land*"。

这首诗四十四行，夏济安却写了篇约五千字的后记，对自己的作品详加解释。他说，“我是存心效学艾略忒的”，得到的启示主要在于，两种不同节律的对比运用：诗的传统节律和几乎毫不带诗意的现代人口语的节律。“我的那首《香港》所以自称是模仿《荒原》，也因为在节律的运用上是得到艾略忒的启示。”

此外就是，动荡时世避居香港的上海人，是把香港看成“荒岛”的，可以模仿《荒原》来表现一般上海人在香港的苦闷心理。

还有突出的一点，这首诗的“戏剧性”或称“叙事性”成分远远超过“抒情性”。这里面有故事脉络，说的是一个商人避难而来，开头日子尚可，后来经商不利，茫茫然不知如何是好。这样的“戏剧性”意在出脱一般“抒情”的自我中心，当然有诗风上的针对性，“一般写诗的人只是对他们‘自己’的情感发生兴趣而已”。

同期杂志还有陈世骧专门写的一篇《关于传统·创作·模仿》，说《香港——一九五〇》“所仿到的，似乎绝不是《荒原》之本身，而是《荒原》背后的诗的传统意识之应用与活用”。“用了中国旧诗的一些传统音节与字汇，加上流行歌调，以至日常家常白话，力使其无隔阂的融汇起来，从一些旧有的，不大相属的传统支流，可说由化学式的配合吧，求其得到一种新的诗的语言。”陈世骧称这是一首相当重要的诗，“其重要性在于其为一位研究文艺批评的人有特别意识的一首创作”，“明显的方法意识，在我们这一切价值标准都浮游不定的时代，总是需要的”。

《文学杂志》的大本营是台大外文系，从一九五六年到一九六〇年对现代主义文学的介绍大大启发了当年外文系的学子们，从中成长起一代作家和文学学者，早已书写进台湾文学的历史。一九六四年，白先勇尝试以意识流的方法叙述香港这座“荒岛”，题为《香港——一九六〇》，以小说的形式向他的老师夏济安的诗作致敬，隐含着的对话文本是《香港——一九五〇》，那么也就不能不和《香港——一九五〇》对话的《荒原》发生又一层对话关系。师生二人作品的关联，环环相扣，其中有《荒原》这个重要的环节。

六

一九七〇年代末期，随着时代的巨大变化，西方现代主义文学逐渐“解禁”——在此之前大约三十年的时间，它在中国大陆几乎销声匿迹；说“几乎”，而没有完全绝迹，是因为有一种“内部发行”的出版物。T. S. 艾略特也有一本，那是一九六二年上海文艺出版社“内部发行”的《托·斯·艾略特论文选》，周煦良等译。

到一九八〇年代，对于现代主义文学的热情喷涌而出，这既是对过往时期难以接触的补偿，同时也因为这个过往时期使得现代主义变得容易理解，甚至感同身受。

上海文艺出版社出版《外国现代派作品选》，一九八〇年第一册、一九八一年第二册、一九八四年第三册、一九八五年第四册，每册都是上下两本，风行一时，特别是在年轻读者当中，造成极大而持续的影响，有人甚至称之为“启蒙之书”。第一册上本，袁可嘉选 T. S. 艾略特两首诗：查良铮翻译的《阿尔弗瑞德·普鲁弗洛克的情歌》，赵萝蕤对旧译加以修订的《荒原》。当时急切的年轻一代读者，也许还不能意识到，来自过去时代的这两个译者和他们的译文，其实隐含着一条从三十年代、四十年代，经过“文革”，到八十年代以来的 T. S. 艾略特在中国的线路。

新的译者和译作也在不断出现，其中，裘小龙译《四个四重奏》，一本相对全面的诗选，出版于一九八五年，是漓江出版社“获诺贝尔文学奖作家丛书”的一种，这套丛书本来整体上就很受关注，这本诗集又是其中的突出者。裘小龙，这位曾经师从卞之琳攻读现代主义诗歌并开始译诗的诗人，后来留美以英语写作“陈探长系列”的小说家，前不久修订译诗，前言里不忘说一句：“说到底，是在二十世纪八十年代初，在艾略特诗选《四个四重奏》的翻译中，我第一次看到了自己‘非个人化’写作的可能性。”[1]

如饥似渴的状态不可能一直持续，约略地说，九十年代以来，到二十一世纪的今天，对T. S. 艾略特的翻译、研究和阅读处于正常的状态。二〇一二年，上海译文出版社出版陆建德主编的《艾略特文集》，包括诗歌、戏剧、论文，共六卷，精选各家译文，是目前规模最为完整的中文译作集。最近的一件事，二〇一九年，上海文艺出版社出版林德尔·戈登的《T. S. 艾略特传：不完美的一生》（*The Imperfect Life of T. S. Eliot* by Lyndall Gordon），许小凡译，引起一小部分读者的特殊兴趣——这部传记上市不久就加印，可见这一小部分读者也不是特别少。

1　裘小龙：《〈四个四重奏〉修订前言》，《四个四重奏：艾略特诗选》，译林出版社2017年版，第1页。

关于T. S. 艾略特与几代中国人的“故事”，就讲到这里。似乎没有必要说明，这不是讨论这位诗人和批评家在中国的论文，这方面的研究既有不少文章，也有专门的著作。二〇一八年，上海图书馆举办了一个展览：“文苑英华——来自大英图书馆的珍宝”，展出五位英国作家的手稿，其中包括T. S. 艾略特的几封信件和一篇诗作草稿。参观者如果留意同时展出的中国在翻译、介绍、评论和研究T. S. 艾略特方面的文献资料，会获得丰富而直观的印象。[1]——那些不同年代的刊物、报纸和书，那些泛黄程度不一的纸张，那些熟悉和不熟悉的名字，聚集，组合，排列，共同参与讲述这样一个文学关系的“故事”。如果从一九二三年八月二十七日《时事新报》副刊《文学》发表的简讯《几个消息》——作者玄，是茅盾——第一次提到T. S. Eliot的名字算起，这个文学的“故事”已经讲述了将近一百年。

---

1 参见展览的图录和说明《文苑英华——来自大英图书馆的珍宝》，商务印书馆2018年版。